ITALO CALVINO

El vizconde demediado

(Nuestros antepasados, 1)

Traducción de
Esther Benítez

CÍRCULO DE LECTORES

I

Había una guerra contra los turcos. El vizconde Medardo de Terralba, mi tío, cabalgaba por la llanura de Bohemia camino del campamento de los cristianos. Lo seguía un escudero llamado Curzio. Las cigüeñas volaban bajas, en blancas bandadas, cruzando el aire opaco y quieto.

–¿Por qué tantas cigüeñas? –preguntó Medardo a Curzio–, ¿adónde vuelan?

Mi tío estaba recién llegado, habiéndose enrolado hacía muy poco, por complacer a ciertos duques vecinos nuestros metidos en aquella guerra. Se había provisto de un caballo y un escudero en el último castillo en manos cristianas, e iba a presentarse al cuartel imperial.

–Vuelan a los campos de batalla –dijo el escudero, tétrico–. Nos acompañarán durante todo el camino.

Al vizconde Medardo le habían dicho que en aquellas tierras el vuelo de las cigüeñas es señal de buena suerte; y quería mostrarse alegre al verlas. Pero se sentía, a su pesar, inquieto.

–¿Y qué puede atraer a las zancudas a los campos de batalla, Curzio? –preguntó.

–También ellas comen carne humana ya –respondió el escudero–, desde que la carestía ha agotado la campiña y la sequía ha secado los ríos. Donde hay cadáveres, las cigüeñas y los flamencos y las grullas han sustituido a los cuervos y los buitres.

Mi tío estaba aún en la primera juventud; la edad en que los sentimientos se mezclan todos en un confuso impulso, indistintos aún entre mal y bien; la edad en que toda nueva experiencia, por macabra e inhumana que sea, es trémula y cálida de amor a la vida.

–¿Y los cuervos? ¿Y los buitres? –preguntó–. ¿Y las otras aves rapaces? ¿Dónde se han ido? –estaba pálido, pero sus ojos centelleaban.

El escudero era un soldado negruzco, bigotudo, que nunca alzaba la mirada.

–A fuerza de comerse a los muertos de peste, la peste les ha dado también –e indicó con la lanza unos negros matojos, que a una mirada más atenta se revelaban no de hojarasca, sino de plumas y resecas patas de rapaz.

–Ya no se sabe quién ha muerto antes, si el pájaro o el hombre, y quién se ha lanzado sobre el otro para descuartizarlo –dijo Curzio.

Para huir de la peste que exterminaba las poblaciones, familias enteras se habían encaminado al campo, y la agonía les había cogido allí. En grupos de despojos, diseminados por la yerma llanura, se veían cuerpos de hombre y de mujer, desnudos, desfigurados por los bubones y, cosa inexplicable al principio, emplumados: como si en sus macilentos brazos y costillas hubieran crecido negras plumas y alas. Eran los cadáveres de buitres mezclados con sus restos.

Ya el terreno estaba sembrado de signos de ocurridas batallas. La marcha se había hecho más lenta porque los dos caballos se resistían, saltando y encabritándose.

–¿Qué les pasa a nuestros caballos? –preguntó Medardo al escudero.

–Señor –respondió él–, nada disgusta tanto a los caballos como el olor de sus propias tripas.

La franja de llanura que estaban atravesando se encontraba cubierta de cadáveres equinos, algunos patas arriba, con los cascos al cielo, otros boca abajo, con el hocico hundido en la tierra.

–¿Por qué tantos caballos caídos en este punto, Curzio? –preguntó Medardo.

–Cuando el caballo nota que está destripado –explicó Curzio– intenta retener sus vísceras. Algunos colocan la barriga en el suelo, otros se tumban sobre el lomo para que no les cuelguen. Pero la muerte no tarda en llegarles igual.

–¿De modo que los que mueren en esta guerra son sobre todo los caballos?

–Las cimitarras turcas parecen hechas aposta para hendir de un tajo sus vientres. Más adelante verá los cuerpos de los hombres. Primero les toca a los caballos y luego a los jinetes. Pero el campamento ya está ahí.

Al borde del horizonte se alzaban los pináculos de las tiendas más altas, y los estandartes del ejército imperial, y el humo.

Galopando hacia allá, vieron que los caídos de la

última batalla habían sido recogidos y enterrados casi todos. Sólo se descubría algún miembro suelto, en especial dedos, posado en los rastrojos.

–De vez en cuando hay un dedo que nos indica el camino –dijo mi tío Medardo–. ¿Qué significa?

–Dios los perdone: los vivos cortan los dedos a los muertos para quitarles los anillos.

–¿Quién va? –dijo un centinela de capote cubierto de moho y musgo, como la corteza de un árbol expuesto al cierzo.

–¡Viva la sagrada corona imperial! –gritó Curzio.

–¡Y muera el sultán! –replicó el centinela–. Pero, os lo ruego, llegados al mando, decidles que cuándo se deciden a mandarme el relevo, ¡que estoy echando raíces!

Los caballos corrían ahora para escapar de la nube de moscas que circundaba el campo, zumbando sobre las montañas de excrementos.

–El estiércol de ayer de muchos valientes –observó Curzio– aún está en el suelo, y ellos ya están en el cielo –y se santiguó.

A la entrada del campamento pasaron junto a una fila de baldaquines, bajo los cuales gruesas mujeres de pelo rizado, con largos trajes de brocado y los senos desnudos, los acogieron con chillidos y risotadas.

–Son los pabellones de las cortesanas –dijo Curzio–. Ningún otro ejército las tiene tan bellas.

Mi tío cabalgaba ya con el rostro hacia atrás, mirándolas.

–Cuidado, señor –agregó el escudero–, son tan

sucias y están tan apestadas que ni los turcos las querrían como presa de un saqueo. Ya no sólo están cargadas de ladillas, chinches y garrapatas, sino que en ellas anidan escorpiones y lagartos.

Pasaron ante las baterías de campo. Por la noche, los artilleros hervían su rancho de agua y nabos en el bronce de las espingardas y de los cañones, al rojo tras los muchos disparos del día.

Llegaban carros llenos de tierra y los artilleros la pasaban por un tamiz.

–Ya escasea la pólvora –explicó Curzio–, pero la tierra donde se han desarrollado las batallas está tan impregnada que, si se quiere, puede recuperarse alguna carga.

Después venían las cuadras de la caballería, donde, entre moscas, los veterinarios, siempre manos a la obra, remendaban la piel de los cuadrúpedos con cosidos, cinchas y emplastos de alquitrán hirviendo, todos relinchando y coceando, incluso los doctores.

Los acampamentos de la infantería seguían luego por un gran trecho. Era el ocaso, y ante cada tienda estaban sentados los soldados con los pies descalzos metidos en tinajas de agua tibia. Habituados como estaban a repentinas alarmas noche y día, incluso a la hora del pediluvio tenían el yelmo en la cabeza y la pica empuñada. En tiendas más altas y aderezadas en forma de quiosco, los oficiales se empolvaban las axilas y se daban aire con abanicos de encaje.

–No lo hacen por afeminamiento –dijo Curzio–, al contrario: quieren mostrar que se hallan completamente a sus anchas en medio de las asperezas de la vida militar.

El vizconde de Terralba fue llevado de inmediato a presencia del emperador. En su pabellón, todo tapices y trofeos, el soberano estudiaba en cartas geográficas los planes de futuras batallas. Las mesas estaban atestadas de mapas desplegados y el emperador clavaba en ellos alfileres, cogiéndolos de un acerico que uno de los mariscales le tendía. Los mapas estaban ya tan cargados de alfileres que no se entendía nada, y para leer algo había que quitar los alfileres y luego volverlos a poner. Con tanto quita y pon, para tener las manos libres, lo mismo el emperador que los mariscales tenían los alfileres entre los labios y sólo podían hablar con gruñidos.

Al ver al joven que se inclinaba ante él, el soberano emitió un gruñido interrogativo y se sacó al punto los alfileres de la boca.

–Un caballero recién llegado de Italia, majestad –lo presentaron–, el vizconde de Terralba, de una de las más nobles familias del Genovesado.

–Nómbresele de inmediato teniente.

Mi tío hizo chocar las espuelas en posición de firmes, mientras el emperador hacía un amplio gesto real y todas las cartas geográficas se enrollaban sobre sí mismas y rodaban por el suelo.

Aquella noche, aunque cansado, Medardo tardó en dormirse. Caminaba de arriba abajo cerca de su tienda y oía las llamadas de los centinelas, a los caballos relinchar y el entrecortado hablar en sueños de algún soldado. Miraba en el cielo las estrellas de

Bohemia, pensaba en su nuevo grado, en la batalla del día siguiente, y en la patria lejana, en su crujido de cañas en los torrentes. Su corazón no sentía nostalgia, ni dudas, ni aprensión. Para él las cosas aún eran enteras e indiscutibles, y tal era él mismo. Si hubiera podido prever la terrible suerte que le esperaba, quizá le habría parecido natural y perfecta, con todo su dolor. Tendía su mirada al borde del horizonte nocturno, donde sabía que estaba el campo enemigo, y cruzado de brazos se apretaba con las manos los hombros, contento de tener al tiempo la certeza de realidades lejanas y distintas, y de su propia presencia en medio de ellas. Sentía que la sangre de aquella guerra cruel, derramada en mil arroyuelos sobre la tierra, llegaba hasta él; y se dejaba lamer por ella, sin experimentar ensañamiento ni piedad.

II

La batalla comenzó puntualmente a las diez de la mañana. Desde lo alto de la silla, el teniente Medardo contemplaba lo dilatado de la alineación cristiana, dispuesta para el ataque, y tendía el rostro hacia el viento de Bohemia, que levantaba olor de cascabillo como de una era polvorienta.

–No, no se vuelva hacia atrás, señor –exclamó Curzio, que, con el grado de sargento, estaba a su lado. Y, para justificar lo perentorio de la frase, agregó, bajito–: dicen que da mala suerte, antes del combate.

En realidad no quería que el vizconde se descorazonase, al advertir que el ejército cristiano consistía sólo en aquella fila alineada, y que las tropas de refuerzo eran apenas unas escuadras de infantes no muy en forma.

Pero mi tío miraba a lo lejos, a la nube que se acercaba en el horizonte, y pensaba: «Eso es, aquella nube son los turcos, los turcos de verdad, y éstos a mi lado que escupen tabaco son los veteranos de la cristiandad, y esta trompeta que ahora suena es el ataque, el primer ataque de mi vida, y este estruendo y traqueteo, el bólido que se embute en tierra contemplado con perezoso aburrimiento por los veteranos y los caballos es una bala de cañón, la primera bala enemiga que veo. Ojalá no llegue el día en que tenga que decir: "Y ésta es la última"».

Con la espada desenvainada se encontró galopando por la llanura, los ojos en el estandarte imperial que desaparecía y reaparecía entre el humo, mientras los cañonazos amigos giraban en el cielo sobre su cabeza, y los enemigos abrían ya brechas en el frente cristiano y repentinas sombrillas de tierra suelta. Pensaba: «¡Veré a los turcos! ¡Veré a los turcos!». Nada agrada tanto a los hombres como tener enemigos y ver luego si son exactamente como se los imaginan.

Los vio, a los turcos. Llegaban dos justamente por allí. Con los caballos bardados, el pequeño escudo redondo, de cuero, el traje de listas negras y azafrán. Y el turbante, la cara color ocre y los bigotes como uno a quien llamaban en Terralba Miqué *el Turco*. Uno de los dos turcos murió y el otro mató a alguien. Pero estaban llegando quién sabe cuántos y era el combate a arma blanca. Vistos dos turcos era como haberlos visto a todos. Eran militares también ellos, y todas aquellas cosas eran material del ejército. Las caras eran recocidas y tozudas como las de los campesinos. Medardo, lo que es verlos, ya los había visto; podía regresar con nosotros a Terralba a tiempo para el paso de las codornices. Y en cambio se había alistado para la guerra. Y así corría, esquivando los golpes de las cimitarras, hasta que encontró un turco bajo, a pie, y lo mató. En vista de cómo se hacía, fue a buscar uno alto a caballo, e hizo mal. Porque los dañinos eran los bajos. Llegaban hasta debajo de los caballos, con aquellas cimitarras, y los mataban.

El caballo de Medardo se detuvo, abierto de patas.

–¿Qué haces? –dijo el vizconde. Apareció Curzio señalando hacia abajo:

–Mire eso.

Tenía todas las asaduras ya en el suelo. El pobre animal miró hacia arriba, al dueño, luego bajó la cabeza como si quisiera roer los intestinos, pero era sólo un alarde de heroísmo: se desmayó y luego murió. Medardo de Terralba quedaba a pie.

–Coja mi caballo, teniente –dijo Curzio, pero no consiguió detenerlo porque cayó de la silla, herido por una flecha turca, y el caballo escapó.

–¡Curzio! –gritó el vizconde y se acercó al escudero que gemía en el suelo.

–¡No se preocupe por mí, señor! –dijo el escudero–. Esperemos sólo que en el hospital quede aguardiente. Le toca una escudilla a cada herido.

Mi tío Medardo se arrojó a la refriega. La suerte de la batalla era incierta. En aquella confusión, parecía que ganaban los cristianos. Y en realidad habían roto la alineación turca y cercado algunas posiciones. Mi tío, con otros valientes, había llegado hasta debajo de las baterías enemigas, y los turcos las desplazaban para tener a los cristianos en línea de fuego. Dos artilleros turcos hacían girar un cañón con ruedas. Lentos como eran, barbudos, arropados hasta los pies, parecían dos astrónomos. Mi tío dijo:

–Ahora llego allí y les doy su merecido.

Entusiasta e inexperto, no sabía que a los cañones hay que acercarse sólo de lado o por la parte de la culata. Y él saltó frente a la boca de fuego, con la espada desenvainada, y pensaba que les metería miedo a aquellos dos astrónomos. Y en cambio le dispararon un cañonazo en pleno pecho. Medardo de Terralba saltó por los aires.

Por la noche, iniciada la tregua, dos carros iban recogiendo los cuerpos de los cristianos por el campo de batalla. Uno era para los heridos y otro para los muertos. La primera criba se hacía allí en el campo. «Éste lo cojo yo, ése lo coges tú.» Cuando parecía que había aún algo que salvar, lo metían en el carro de los heridos; cuando había sólo trozos y pedazos, iba al carro de los muertos, para recibir sepultura bendita; lo que ya no era ni siquiera un cadáver se lo dejaban de pasto a las cigüeñas. Por aquellos días, en vista de las crecientes pérdidas, se había adoptado la disposición de que era mejor abundar en los heridos. De modo que los restos de Medardo fueron considerados un herido y puestos en aquel carro.

La segunda criba se hacía en el hospital. Tras las batallas, el hospital de campaña ofrecía un panorama aún más atroz que las propias batallas. En el suelo había una larga fila de angarillas con aquellos desventurados, y a su alrededor se ajetreaban los doctores, arrancándose de la mano pinzas, sierras, agujas, miembros amputados y ovillos de bramante. Muerto a muerto, hacían de todo para que cada cadáver volviera a la vida. Sierra por aquí, cose por allá, tapona conductos, volvían las venas como guantes y las colocaban otra vez en su sitio, con más bramante dentro que sangre, pero remendadas y cerradas. Cuando un paciente moría, todo lo que tenía bueno servía para recomponer los miembros de otro, y así sucesivamente. Lo que más se enmarañaba eran los intestinos; una vez desenrollados, ya no se sabía cómo volverlos a meter.

Al levantar la sábana, el cuerpo del vizconde apareció horriblemente mutilado. Le faltaba un brazo y una pierna, y no sólo eso, sino que todo lo que era tórax y abdomen entre el brazo y la pierna había desaparecido, pulverizado por aquel cañonazo recibido de lleno. De la cabeza quedaban un ojo, una oreja, una mejilla, media nariz, media boca, media barbilla y media frente; la otra mitad de la cabeza era pura papilla. Por resumir, se había salvado sólo la mitad, la parte derecha, que por lo demás estaba perfectamente conservada, sin un rasguño, salvo el enorme desgarrón que la había separado de la parte izquierda hecha trizas.

Los médicos, encantados:

–¡Huy, qué bonito caso!

Si no moría mientras tanto, podían probar incluso a salvarlo. Y se le pusieron alrededor, mientras los pobres soldados con una flecha en un brazo morían de septicemia. Cosieron, aplicaron, amasaron; quién sabe lo que hicieron. El caso es que al día siguiente mi tío abrió el único ojo, la media boca, dilató la nariz y respiró. La fuerte fibra de los Terralba había resistido. Ahora estaba vivo y partido por la mitad.

III

Cuando mi tío regresó a Terralba, yo contaba siete u ocho años. Fue por la noche, ya oscurecido; era octubre; el cielo estaba cubierto. Durante el día habíamos vendimiado y a través de las hileras veíamos acercarse por el mar gris las velas de un barco que enarbolaba bandera imperial. Cada barco que se veía por entonces, se decía: «Es el señor Medardo, que regresa», no porque estuviéramos impacientes por que volviese, sino por tener algo que esperar. Aquella vez lo habíamos adivinado; estuvimos seguros por la noche, cuando un joven llamado Fiorfiero, pisando la uva en lo alto del lagar, gritó:

–¡Oh, allá abajo!

Estaba casi oscuro y vimos al fondo del valle una fila de antorchas encenderse por el camino de herradura; y después, cuando pasó por el puente, distinguimos una litera transportada a hombros. No cabía duda: era el vizconde que volvía de la guerra.

Corrió la voz por los valles; en el patio del castillo se agrupó gente: familiares, fámulos, vendimiadores, pastores, hombres de armas. Faltaba sólo el padre de Medardo, el viejo vizconde Aiolfo, mi abuelo, que desde hacía tiempo ni siquiera bajaba al patio. Cansado de los negocios del mundo, había renunciado a las prerrogativas del título en favor de su único hijo varón, antes de que aquél partiese para la guerra. Ahora su pasión por los pájaros, que criaba dentro del castillo en una gran pajarera, se había ido haciendo más absorbente; el viejo se había llevado a la pajarera su propia cama, y se había encerrado allí, y no salía ni de día ni de noche. Le alcanzaban los alimentos junto con la comida para los volátiles a través de las rejas de la pajarera, y Aiolfo lo compartía todo con aquellas criaturas. Y pasaba las horas acariciando el dorso de faisanes y tórtolas, en espera de que su hijo regresara de la guerra.

Nunca había visto yo tanta gente en el patio de nuestro castillo; había pasado la época, de la que sólo he oído hablar, de las fiestas y las guerras entre vecinos. Y por primera vez me di cuenta de cuán arruinados estaban los muros y las torres, y qué fangoso el patio, donde solíamos dar la hierba a las cabras y llenar el dornajo de los cerdos. Todos, mientras esperaban, discutían sobre cómo regresaría el vizconde Medardo; hacía tiempo que había llegado la noticia de graves heridas recibidas de los turcos, pero nadie sabía aún en concreto si estaba mutilado, o tullido, o sólo desfigurado por las cicatrices; y ahora, tras haber visto la litera, nos preparábamos para lo peor.

Y he aquí que la litera era posada en tierra, y en medio de la sombra negra se vio el relumbrar de una pupila. La grande y vieja nodriza Sebastiana hizo ademán de aproximarse, pero de aquella sombra se alzó una mano con un áspero gesto de denegación. Después se vio al cuerpo de la litera agitarse en un esfuerzo anguloso y convulso, y ante nuestros ojos Medardo de Terralba saltó en pie, sujetándose a una muleta. Un manto negro con capucha le bajaba desde la cabeza al suelo; la parte derecha estaba echada hacia atrás, descubriendo la mitad del rostro y de la persona agarrada a la muleta, mientras que a la izquierda parecía que todo estaba escondido y envuelto en los bordes y pliegues de aquel amplio ropaje.

Se quedó mirándonos, nosotros en círculo en torno a él, sin que nadie dijese una palabra; pero quizá con aquel ojo suyo fijo no nos miraba en absoluto, quería sólo alejarnos de él. Se levantó un viento del mar y una rama rota en la cima de una higuera soltó un gemido. El manto de mi tío ondeó, y el viento lo hinchaba, lo tensaba como una vela y hubiérase dicho que le atravesaba el cuerpo, más aún, que ese cuerpo no existía y que el manto estaba vacío como el de un fantasma. Después, mirando mejor, vimos que se adhería como a un asta de bandera, y esa asta era el hombro, el brazo, el costado, la pierna, todo lo que se apoyaba en la muleta, y el resto no existía.

Las cabras observaban al vizconde con su mirada fija e inexpresiva, vuelta cada una en una posición distinta pero todas apretadas, con los lomos dispuestos en un extraño dibujo de ángulos rectos. Los cerdos, más sensibles y rápidos, chillaron y huyeron chocando las barrigas entre sí, y entonces ni siquiera nosotros pudimos ocultar que estábamos espantados.

–¡Hijo mío! –gritó la nodriza Sebastiana y alzó los brazos–. ¡Infeliz!

Mi tío, contrariado por haber despertado en nosotros tal impresión, avanzó la punta de la muleta sobre el terreno y con un movimiento de compás echó a andar hacia la entrada del castillo. Pero en los peldaños del portal se habían sentado con las piernas cruzadas los portadores de la litera, tipejos medio desnudos, con pendientes de oro y un cráneo afeitado en el que crecían crestas o colas de pelo. Se levantaron, y uno con una trenza, que parecía su jefe, dijo:

–Esperamos la paga, *señor**.

–¿Cuánto? –preguntó Medardo, y se diría que se reía.

El hombre de la trenza dijo:

–Sabéis cuál es el precio por el transporte de un hombre en litera...

Mi tío se desató una bolsa del cinto y la arrojó tintineante a los pies del portador. Éste la sopesó un poco, y exclamó:

–¡Pero esto es mucho menos de la suma pactada, *señor*!

Medardo, mientras el viento le levantaba los bordes del manto, dijo:

–La mitad.

Pasó por delante del portador y dando pequeños saltos sobre su único pie subió los escalones, entró

* En castellano en el original *(N. de la T.)*

por la gran puerta abierta de par en par que daba al interior del castillo, empujó a golpes de muleta las pesadas hojas que se cerraron con estruendo, y después, como había quedado abierto el portillo, lo batió, desapareciendo de nuestra vista. Del interior seguían llegándonos los ruidos alternados del pie y de la muleta, que marchaban por los corredores hacia el ala del castillo donde estaban sus aposentos privados, y también allí batir y atrancar de puertas.

Inmóvil tras la reja de la pajarera lo esperaba su padre. Medardo ni siquiera pasó a saludarlo; se encerró en sus habitaciones, solo, y no quiso mostrarse ni responder siquiera a la nodriza Sebastiana, que se quedó un buen rato llamando y compadeciéndolo.

La vieja Sebastiana era una mujer alta vestida de negro y velada, con el rostro rosado sin una arruga, salvo la que casi le escondía los ojos; había amamantado a todos los jóvenes de la familia Terralba, y se había ido a la cama con todos los más viejos, y había cerrado los ojos a todos los muertos. Ahora iba y venía por las galerías, del uno al otro de los dos encerrados, y no sabía cómo acudir en su ayuda.

Al día siguiente, como Medardo seguía sin dar señales de vida, reanudamos la vendimia, pero no había alegría, y en las viñas no se hablaba más que de su suerte, no porque nos importase mucho, sino porque el tema era atrayente y oscuro. Sólo la nodriza Sebastiana se quedó en el castillo, espiando con atención cada rumor.

Pero el viejo Aiolfo, como previendo que su hijo regresaría tan triste y salvaje, había amaestrado desde hacía tiempo a uno de sus animales más queridos, un alcaudón, para volar hasta el ala del castillo donde estaban los aposentos de Medardo, entonces vacíos, y entrar por el ventanuco de su estancia. Esa mañana el viejo le abrió la portezuela al ave, siguió su vuelo hasta la ventana de su hijo, y luego volvió a esparcir la comida de urracas y herrerillos, imitando sus silbos.

Al poco oyó el golpe de un objeto arrojado contra los vidrios. Se asomó, y en el cornisamento estaba su alcaudón, rígido. El viejo lo recogió en el hueco de las manos y vio que un ala estaba rota como si hubieran tratado de arrancársela, una patita estaba partida como apretada por dos dedos, y tenía un ojo arrancado. El viejo estrechó el alcaudón contra el pecho y se echó a llorar.

Ese mismo día se metió en la cama, y los fámulos veían que estaba muy mal desde el otro lado de las rejas de la pajarera. Pero nadie podía ir a cuidarlo porque se había encerrado escondiendo las llaves. En torno a su lecho revoloteaban los pájaros. Desde que se había acostado habían empezado todos a volar y no querían posarse ni dejar de batir las alas.

A la mañana siguiente, la nodriza, al asomarse a la pajarera, vio que el vizconde Aiolfo estaba muerto. Los pájaros se habían posado todos en su cama, como en un tronco flotante en medio del mar.

IV

Tras la muerte de su padre, Medardo empezó a salir del castillo. Fue también la nodriza Sebastiana la primera en darse cuenta, una mañana, al encontrar las puertas de par en par y las estancias desiertas. Se envió una cuadrilla de siervos por el campo a seguir las huellas del vizconde. Los siervos corrían y pasaron bajo un peral que habían visto, por la noche, cargado de frutos tardíos, aún acerbos.

–Mira allí –dijo uno de los siervos; vieron las peras que colgaban contra el cielo albicante, y al verlas los asaltó el terror. Porque no estaban enteras, eran muchas mitades de peras cortadas a lo largo y colgadas aún cada una de su tallo; de cada pera sólo quedaba la mitad de la derecha (o de la izquierda, según desde donde se mirase, pero eran todas de la misma parte) y la otra mitad había desaparecido, cortada o quizá mordida.

–¡El vizconde ha pasado por aquí! –dijeron los siervos. Claro, después de haber estado encerrado en ayunas tantos días, aquella noche le había entrado hambre, y había subido al primer árbol a comer peras.

Andando, los siervos encontraron sobre una piedra media rana que saltaba, por la virtud de las ranas, aún viva:

–¡Estamos tras el rastro justo! –y prosiguieron. Se extraviaron, porque no habían visto entre las hojas medio melón, y tuvieron que retroceder hasta que lo encontraron.

Así de los campos pasaron al bosque, y vieron una seta cortada por la mitad, un robellón, y después otra, un boleto rojo venenoso, y a medida que andaban por el bosque siguieron encontrando, una de vez en cuando, estas setas que brotaban de la tierra con medio tallo y abrían sólo medio sombrero. Parecían divididas con un corte neto, y de la otra mitad ni siquiera se encontraba una espora. Eran setas de todas clases, bejines, níscalos, agáricos, y las venenosas eran casi tantas como las comestibles.

Siguiendo este disperso rastro los siervos llegaron al prado llamado «de las Monjas», donde había una charca entre la hierba. Era la aurora y al borde de la charca la exigua figura de Medardo, envuelta en el manto negro, se reflejaba en el agua, donde flotaban setas blancas o amarillas o color tierra. Eran las mitades de las setas que él se había llevado, y ahora estaban diseminadas por aquella superficie transparente. Sobre el agua, las setas parecían enteras y el vizconde las miraba; y también los siervos se escondieron en la otra orilla de la charca sin atreverse a decir nada, mirando fijamente también ellos las setas flotantes, hasta que se dieron cuenta de que eran sólo setas comestibles. ¿Y las venenosas? Si no las había tirado a la charca, ¿qué había hecho con ellas? Los siervos reanudaron sus carreras por el bosque. No tuvieron que ir muy lejos, porque en el sendero encontraron un niño con un cesto: dentro tenía todas las medias setas venenosas.

Aquel niño era yo. Esa noche jugaba solo en torno al Prado de las Monjas a asustarme asomando de improviso entre los árboles, cuando encontré a mi tío que saltaba sobre su pie por el prado al claro de luna, con un cestillo al brazo.

–¡Hola, tío! –grité; era la primera vez que conseguía decírselo.

Pareció contrariado al verme.

–Voy por setas –me explicó.

–¿Y has cogido?

–Mira –dijo mi tío, y nos sentamos a la orilla de la charca. Él iba escogiendo las setas y algunas las tiraba al agua, otras las dejaba en el cestillo.

–Ten –dijo, dándome el cestillo con las setas escogidas por él–. Cómetelas fritas.

Yo habría querido preguntarle por qué en su cesto sólo había mitades de setas; pero comprendí que la pregunta no habría sido muy considerada y me marché corriendo tras darle las gracias. Iba a que me las frieran cuando me encontré con la cuadrilla de fámulos, y supe que eran todas venenosas.

La nodriza Sebastiana, cuando le contaron la historia, dijo:

–Ha regresado la mitad mala de Medardo. Quién sabe hoy en el proceso...

Aquel día debía celebrarse un proceso contra una banda de salteadores detenidos el día antes por los esbirros del castillo. Los salteadores eran gente de nuestro territorio y, por lo tanto, era el vizconde quien debía juzgarlos. Se hizo el juicio y Medardo se sentaba en el sitial todo retorcido y se mordía una uña. Vinieron los salteadores encadenados: el jefe de la banda era aquel joven llamado Fiorfiero que había sido el primero en divisar la litera mientras pisaba la uva. Vino la parte ofendida y era un grupo de caballeros toscanos que, camino de Provenza, pasaban por nuestros bosques cuando Fiorfiero y su banda los asaltaron y robaron. Fiorfiero se defendió diciendo que aquellos caballeros habían venido a cazar a nuestras tierras y que él los había parado y desarmado creyéndolos cazadores furtivos, en vista de que los esbirros no se ocupaban de ello. Hay que decir que por aquellos años el bandidaje era una actividad muy difundida, por lo que la ley se mostraba clemente. Y además nuestra zona era especialmente adecuada para el bandidaje, de modo que incluso algún miembro de nuestra familia, en especial en tiempos revueltos, se unía a las bandas de salteadores. Y de la caza furtiva ni hablo, era el delito más leve que imaginarse pueda.

Pero las aprensiones de la nodriza Sebastiana estaban fundadas. Medardo condenó a Fiorfiero y a toda su banda a morir ahorcados, como reos de rapiña. Pero como los robados eran a su vez reos de caza furtiva, también los condenó a morir en la horca. Y para castigar a los esbirros, que habían intervenido demasiado tarde, y no habían sabido prevenir ni las fechorías de los furtivos ni las de los bandidos, decretó la muerte en la horca también para ellos.

En total eran una veintena de personas. Esta cruel sentencia produjo consternación y dolor en todos nosotros, no tanto por los gentileshombres toscanos, a quienes nadie había visto hasta entonces, como por los bandidos y los esbirros, que eran generalmente queridos. El maestro Pietrochiodo, albardero y carpintero, recibió el encargo de construir la horca: era un trabajador serio y de talento, que se dedicaba con empeño a cada una de sus tareas. Con gran dolor, porque dos de los condenados eran parientes suyos, construyó una horca ramificada como un árbol, cuyas cuerdas subían todas juntas maniobradas por una sola árgana; era una máquina tan grande e ingeniosa que se podía ahorcar de una sola vez incluso a más personas de las condenadas, hasta el punto de que el vizconde aprovechó para colgar diez gatos alternados cada dos reos. Los cadáveres rígidos y las carroñas de gato se bambolearon durante tres días, y al principio a todos se nos apretaba el corazón al mirarlos. Pero pronto advertimos la impresionante visión que ofrecían, y también nuestro juicio se desmembraba en dispares sentimientos, de modo que nos disgustó incluso decidirnos a soltarlos y a deshacer la gran máquina.

V

Aquéllos eran para mí tiempos felices, siempre por los bosques con el doctor Trelawney buscando conchas de animales marinos convertidos en piedras. El doctor Trelawney era inglés; había llegado a nuestras costas después de un naufragio, a horcajadas de una barrica de burdeos. Había sido médico en los barcos durante toda su vida y había realizado viajes largos y peligrosos, entre ellos con el famoso capitán Cook, pero nunca había visto nada del mundo, porque siempre estaba bajo cubierta jugando al cuatrillo. Naufragado entre nosotros, se le hizo en seguida el paladar al vino llamado *cancarone*, el más áspero y grumoso de nuestras tierras, y ya no podía pasarse sin él, hasta el punto de llevar siempre en bandolera una cantimplora llena. Se había quedado en Terralba y se convirtió en nuestro médico, pero no se preocupaba por los enfermos, sino por sus descubrimientos científicos, que lo tenían dando vueltas –y a mí con él– por campos y bosques día y noche. Primero una enfermedad de los grillos, enfermedad imperceptible que sólo padecía un grillo de cada mil y que no le suponía ningún daño; pero el doctor Trelawney quería buscarlos a todos y encontrar el tratamiento adecuado. Después las señales de cuando nuestras tierras estaban cubiertas por el mar; y entonces íbamos cargándonos de guijarros y sílices que el doctor decía que, en su tiempo, fueron peces. Y al final, su última gran pasión: los fuegos fatuos. Quería encontrar la manera de cogerlos y conservarlos, y con este fin pasábamos las noches correteando por nuestro cementerio, esperando que entre las tumbas de tierra y de hierba se encendiese alguno de aquellos vagos clarores, y entonces tratábamos de atraerlo a nosotros, de que nos corriese detrás y capturarlo, sin que se apagase, en recipientes que experimentábamos sucesivamente: sacos, alcollas, damajuanas sin paja, braserillos, coladores. El doctor Trelawney había establecido su morada en una casucha próxima al cementerio, que servía antaño de casa al sepulturero, en aquellos tiempos de fasto y guerras y epidemias en que convenía tener a un hombre para que se dedicara sólo a ese oficio. Allí el doctor había montado su laboratorio, con ampollas de todas las formas para embotellar los fuegos y redes como las de pescar para atraparlos, y alambiques y crisoles en los que averiguaba cómo de las tierras de los cementerios y de las miasmas de los cadáveres nacían aquellas pálidas llamitas. Pero no era hombre capaz de quedarse mucho tiempo absorto en sus estudios: lo dejaba pronto, salía e íbamos juntos a la caza de nuevos fenómenos de la naturaleza.

Yo era libre como el aire porque no tenía padres y no pertenecía a la categoría de los siervos ni a la de los amos. Formaba parte de la familia Terralba sólo gracias a un tardío reconocimiento, pero no llevaba su nombre y nadie estaba obligado a educarme. Mi pobre madre era hija del vizconde Aiolfo y hermana mayor de Medardo, pero había manchado el honor de la familia escapándose con un cazador furtivo que después fue mi padre. Yo nací en la cabaña del cazador, en los terrenos incultos junto al bosque, y poco después mi padre murió en una riña y la pelagra remató a mi madre, que se había quedado sola en aquella mísera cabaña. Me acogieron entonces en el castillo porque le di pena a mi abuelo Aiolfo, y crecí al cuidado de la nodriza Sebastiana. Recuerdo que cuando Medardo era un muchacho y yo tenía pocos años, a veces me dejaba compartir sus juegos como si fuéramos de la misma condición; después la distancia creció con nosotros, y me quedé a la par de los siervos. Entonces encontré en el doctor Trelawney un compañero como nunca había tenido.

El doctor tenía sesenta años pero no era más alto que yo; tenía una cara rugosa, como una castaña pilonga, bajo el tricornio y la peluca; las piernas, envainadas en polainas hasta medio muslo, parecían más largas, desproporcionadas como las patas de un grillo, también a causa de los largos pasos que daba, y vestía un frac de color tórtola con guarniciones rojas, sobre el cual llevaba en bandolera la cantimplora del vino *cancarone*.

Su pasión por los fuegos fatuos nos empujaba a largas caminatas nocturnas para ir a los cementerios de las aldeas cercanas, donde se podían ver a veces llamas más hermosas de color y tamaño que las de nuestro camposanto abandonado. Pero ¡ay de nosotros si los aldeanos descubrían este trajín nuestro!; tomados por ladrones sacrílegos, fuimos perseguidos una vez bastantes millas por un grupo de hombres armados con podaderas y horcas.

Estábamos en lugares abruptos y torrenciales; el doctor Trelawney y yo saltábamos a escape por las rocas, pero oíamos a los aldeanos furiosos que se acercaban a nuestras espaldas. En un punto llamado Salto de la Jeta un puentecillo de troncos cruzaba un abismo profundísimo. En lugar de pasar por el puentecillo, el doctor y yo nos escondimos en un escalón de la roca en el mismo borde del abismo, apenas a tiempo porque ya teníamos a los aldeanos a nuestros talones. No nos vieron, y gritando: «¿Dónde están esos bastardos?» corrieron veloces por el puente. Un ruido seco, y chillando fueron tragados a plomo por el torrente que corría allá abajo.

El espanto de Trelawney y mío por nuestra suerte se transformó en alivio ante el peligro de que nos habíamos librado y después otra vez en espanto por el horrible fin que nuestros perseguidores habían tenido. Apenas nos atrevimos a asomarnos y mirar abajo, a la oscuridad donde los aldeanos habían desaparecido. Al alzar los ojos vimos los restos del puentecillo: los troncos aún estaban perfectamente sólidos, sólo que por la mitad estaban partidos, como si los hubieran serrado; no podíamos explicarnos de otro modo cómo había cedido aquella gruesa madera con una rotura tan neta.

–Es la mano de quien yo sé –dijo el doctor Trelawney, y también yo lo había comprendido ya.

En efecto, se oyó un rápido sonido de cascos y al borde del precipicio aparecieron un caballo y un jinete medio envuelto en un manto negro. Era el vizconde Medardo, que con su gélida sonrisa triangular contemplaba el trágico éxito de su trampa, imprevisto quizá incluso para él mismo. Seguramente había querido matarnos a nosotros dos, pero en cambio nos salvó la vida. Temblorosos, lo vimos escapar sobre aquel flaco caballo que saltaba por las rocas como si fuera hijo de una cabra.

Por esa época mi tío iba siempre a caballo; se había hecho construir por el albardero Pietrochiodo una silla especial, a uno de cuyos estribos podía sujetarse con correas, mientras que el otro estaba fijado por un contrapeso. Al lado de la silla llevaba enganchadas una espada y una muleta. Y así el vizconde cabalgaba con un sombrero emplumado de anchas alas, que desaparecía a medias bajo un borde del manto siempre revoloteante. Donde se oía el ruido de los cascos de su caballo todos escapaban, peor que al paso de Galateo el leproso, y se llevaban los niños y los animales, y temían por las plantas, porque la maldad del vizconde no perdonaba a nadie y podía desencadenarse de un momento a otro en las acciones más imprevistas e incomprensibles.

Nunca había estado enfermo y por lo tanto nunca había tenido necesidad de los cuidados del doctor Trelawney; no sé cómo se las habría arreglado el doctor en semejante caso, él que hacía de todo por evitar a mi tío y por no oír siquiera hablar de él. Cuando alguien mencionaba al vizconde y sus crueldades, el doctor Trelawney meneaba la cabeza y fruncía los labios murmurando: «Oh, oh, oh...! ¡Chist, chist, chist!», como cuando se le decía algo inconveniente. Y, para cambiar de tema, empezaba a contar los viajes del capitán Cook. Una vez traté de preguntarle cómo, en su opinión, podía vivir mi tío así mutilado, pero el inglés no supo decirme sino aquel: «¡Oh, oh, oh...! ¡Chist, chist, chist!». Parecía que desde el punto de vista de la medicina el caso de mi tío no suscitaba el menor interés en el doctor; pero yo empezaba a pensar que se había hecho médico sólo por imposición familiar o por conveniencia, y que tal ciencia no le importaba en absoluto. Quizá su carrera de médico de a bordo se debía sólo a su habilidad en el juego del cuatrillo, por lo cual los más famosos navegantes, y el primero de todos el capitán Cook, se lo disputaban como compañero de partida.

Una noche el doctor Trelawney pescaba con red fuegos fatuos en nuestro viejo cementerio, cuando vio ante sí a Medardo de Terralba, que hacía pastar su caballo entre las tumbas. El doctor estaba muy confuso y atemorizado, pero el vizconde se le aproximó y le preguntó con la defectuosísima pronunciación de su boca demediada:

–¿Busca usted mariposas nocturnas, doctor?

–Oh, *milord* –respondió el doctor con un hilo de voz–, oh, oh, no precisamente mariposas, *milord*... Fuegos fatuos, ¿sabe?, fuegos fatuos...

–Ya, fuegos fatuos. A menudo también yo me he preguntado su origen.

–Desde hace tiempo, modestamente, es objeto de mis estudios, *milord*... –dijo Trelawney, algo tranquilizado por aquel tono benévolo.

Medardo retorció en una sonrisa su media cara angulosa, de piel tensa como una calavera.

–Como erudito merece toda ayuda –le dijo–. Lástima que este cementerio, abandonado como está, no sea un buen campo para los fuegos fatuos. Pero le prometo que mañana mismo me ocuparé de ayudarle en todo lo posible.

El día siguiente era el día fijado para la administración de justicia, y el vizconde condenó a muerte a una decena de campesinos, porque, según sus cuentas, no habían entregado toda la parte de la cosecha que debían al castillo. Los muertos fueron sepultados en la tierra de las fosas comunes y el cementerio soltó cada noche gran copia de fuegos. El doctor Trelawney estaba muy asustado con esta ayuda, aunque le resultase muy útil para sus estudios.

En esta trágica coyuntura, el maestro Pietrochiodo había perfeccionado mucho su arte de construir horcas. Ahora eran auténticas obras maestras de carpintería y mecánica, y no sólo las horcas, sino también los potros, las árganas y los otros instrumentos de tortura con las que el vizconde Medardo arrancaba confesiones a los acusados. Yo estaba a menudo en el taller de Pietrochiodo, porque era muy hermoso verlo trabajar con tanta habilidad y pasión. Pero un tormento roía siempre el corazón del albardero. Lo que él construía eran patíbulos para los inocentes. «¿Cómo me las arreglo –pensaba– para que me encarguen construir otra cosa igualmente bien ideada, pero que tenga una finalidad distinta? ¿Y cuáles pueden ser los nuevos mecanismos que construiría de mejor grado?» Pero al no hallar respuesta a estas preguntas, trataba de expulsarlas de su mente, empeñándose en hacer las maquinarias más bellas e ingeniosas que podía.

–Tienes que olvidarte de la finalidad para la que servirán –me decía también a mí–. Míralos sólo como mecanismos. ¿Ves qué hermosos son?

Yo miraba aquellas arquitecturas de vigas, aquel sube y baja de cuerdas, aquellas conexiones de árganas y poleas, y me esforzaba por no ver encima los cuerpos desgarrados, pero cuanto más me esforzaba más obligado me veía a pensar en ellos, y le decía a Pietrochiodo:

–¿Cómo me las arreglo?

–¿Y cómo me las arreglo yo, muchacho –replicaba él–, cómo me las arreglo yo, entonces?

Pero a pesar de las aflicciones y los miedos, aquellos tiempos tenían su parte de alegría. La hora más hermosa llegaba cuando el sol estaba alto y el mar era de oro, y las gallinas cacareaban tras poner el huevo, y por las sendas se oía el sonido del cuerno del leproso. El leproso pasaba todas las mañanas a hacer la colecta para sus compañeros de desgracia. Se llamaba Galateo, y llevaba colgado del cuello un cuerno de caza, cuyo sonido advertía desde lejos de su llegada. Las mujeres oían el cuerno y dejaban en la esquina de la tapia huevos, o calabacines, o tomates, y a veces un pequeño conejo desollado; y después escapaban a esconderse llevándose los niños, porque nadie debe quedarse en las calles cuando pasa el leproso: la lepra se pega desde lejos e incluso verlo era un peligro. Precedido por los tañidos del cuerno, Galateo avanzaba muy despacio por las sendas desiertas, con el alto cayado en la mano, y el largo ropón desgarrado arrastrando por el suelo. Tenía largos cabellos amarillos de estopa y una redonda cara blanca, ya un poco cuarteada por la lepra. Recogía los regalos, los metía en su cuévano, y gritaba gracias hacia las casas de los campesinos escondidos, con su voz meliflua, e introduciendo siempre alguna alusión burlona o maligna.

En aquella época nuestra, en las comarcas próximas al mar la lepra era una enfermedad muy difundida, y cerca de nosotros había una aldehuela, Pratofungo, habitada sólo por leprosos, a los que estábamos obligados a entregar regalos, los mismos que recogía Galateo. Cuando alguien de la costa o del campo era atacado por la lepra, dejaba parientes y amigos y se iba a Pratofungo a pasar el resto de su vida esperando que el mal lo devorase. Se hablaba de grandes fiestas para recibir a cada recién llegado; desde lejos se oían hasta la noche subir sonidos y cánticos de las casas de los leprosos.

Se decían muchas cosas de Pratofungo, aunque ninguno de los sanos había estado nunca allí; pero todos los rumores coincidían en decir que allá la vida era un perpetuo jolgorio. La aldea antes de convertirse en asilo de leprosos había sido una madriguera de prostitutas donde se daban cita marineros de toda raza y religión, y parecía que todavía las mujeres conservaban las costumbres licenciosas de aquellos tiempos. Los leprosos no trabajaban la tierra, salvo una viña de uva afresada cuyo vinillo los tenía todo el año en un estado de sutil ebriedad. La gran ocupación de los leprosos era tocar extraños instrumentos inventados por ellos, arpas de cuyas cuerdas colgaban muchas campanillas, y cantar un falsete, y pintar huevos con pinceladas de todos los colores como si fuera siempre Pascua. Así, derritiéndose con músicas suavísimas, con guirnaldas de jazmín en torno a los rostros desfigurados, olvidaban el consorcio humano del que la enfermedad los había apartado.

Ningún médico del lugar había querido nunca cuidarse de los leprosos, pero cuando Trelawney se estableció entre nosotros alguien esperó que quisiera dedicar su ciencia a curar aquella plaga de nuestras regiones. También yo compartía estas esperanzas, a mi infantil manera; hacía tiempo que tenía muchas ganas de acercarme a Pratofungo y de asistir a las fiestas de los leprosos, y si el doctor se hubiera puesto a experimentar sus fármacos con aquellos desventurados, quizá me habría permitido acompañarlo alguna vez al interior de la aldea. Pero no ocurrió nada de esto; en cuanto oía el cuerno de Galateo, el doctor Trelawney escapaba a todo correr y nadie parecía temer más que él el contagio. A veces intenté interrogarlo sobre la naturaleza de aquella enfermedad, pero me dio respuestas evasivas y confusas, como si la sola palabra «lepra» bastara para ponerlo incómodo.

En el fondo, no sé por qué nos empeñábamos en considerarlo médico; estaba lleno de atención por los animales, especialmente los más pequeños, por las piedras, por los fenómenos naturales, pero los seres humanos y sus dolencias lo llenaban de repugnancia y aprensión. La sangre le inspiraba horror, tocaba a los enfermos sólo con la punta de los dedos, y ante los casos graves se tapaba la nariz con un pañizuelo de seda empapado en vinagre. Púdico como una doncella, se ruborizaba al ver un cuerpo desnudo, y si se trataba de una mujer, mantenía los ojos bajos y balbucía; mujeres, en sus largos viajes por los océanos, parece que no había conocido nunca. Por fortuna, entre nosotros por aquella época los partos eran cosa de comadronas y no de médicos, si no, quién sabe cómo habríamos salido del apuro.

A mi tío se le ocurrió la idea de los incendios. Por la noche, de repente, un henil de míseros campesinos se quemaba, o un árbol seco, o todo un bosque. Entonces nos estábamos hasta la mañana pasándonos de mano en mano cubos de agua para apagar las llamas. Las víctimas eran siempre pobrecillos que habían tenido unas palabras con el vizconde, por alguna de sus ordenanzas cada vez más severas e injustas, o por los tributos que había doblado. No contento con incendiar los bienes, se dedicó a prender fuego a las viviendas; parecía que se acercaba de noche, lanzaba yesca encendida sobre los tejados, y luego escapaba a caballo; pero nadie conseguía cogerlo con las manos en la masa. Una vez murieron dos viejos; otra vez un muchacho quedó con el cráneo como desollado. En los campesinos crecía el odio contra él. Sus más obstinados enemigos eran las familias de religión hugonota que vivían en los caseríos de Col Gerbido; allí los hombres montaban guardia por turno durante toda la noche para prevenir los incendios.

Sin ninguna razón plausible, una noche llegó hasta las casas de Pratofungo, que tenían tejados de paja, y lanzó contra ellos pez y fuego. Los leprosos tienen la virtud de que al quemarse no sienten dolor, y si las llamas los llegan a coger durmiendo, con seguridad no se habrían despertado más. Pero al alejarse galopando, el vizconde oyó que de la aldea se alzaba la cavatina de un violín: los habitantes de Pratofungo velaban, dedicados a sus juegos. Se quemaron todos, pero no sufrieron daño y se divirtieron a su manera. Pronto apagaron el incendio; hasta sus casas, quizá inyectadas también de lepra, sufrieron pocos daños con las llamas.

La maldad de Medardo se volvió también contra su propia hacienda: el castillo. El fuego se alzó en el ala donde vivían los siervos y estalló entre chillidos agudísimos de quien había quedado prisionero, mientras se veía al vizconde cabalgar lejos por el campo. Era un atentado que había perpetrado contra la vida de su nodriza y vicemadre Sebastiana. Con la obstinación autoritaria que las mujeres pretenden mantener sobre aquellos a quienes han conocido de niños, Sebastiana no dejaba nunca de reprocharle al vizconde cada nueva fechoría, aunque todos se habían convencido ya de que su naturaleza estaba abocada a una irreparable e insana crueldad. Sacaron a Sebastiana maltrecha de los muros carbonizados y tuvo que guardar cama muchos días para curarse de las quemaduras.

Una noche, la puerta de la estancia donde yacía se abrió y el vizconde apareció junto a su cama.

–¿Qué son esas manchas en vuestra cara, nodriza? –dijo Medardo, señalando las quemaduras.

–Huellas de tus pecados, hijo –dijo la vieja, serena.

–Vuestra piel está cuarteada y arrugada; ¿qué mal tenéis, nodriza?

–Un mal que no es nada, hijo mío, comparado con el que te espera en el infierno, si no te enmiendas.

–Tenéis que sanar pronto; no quisiera que se supiera por ahí la enfermedad que padecéis...

–No tengo que tomar marido, para cuidarme de mi cuerpo. Me basta con la conciencia en paz. Ojalá pudieras decir otro tanto.

–Y, sin embargo, vuestro esposo os espera, para llevaros consigo, ¿no lo sabéis?

–No te burles de la vejez, hijo, tú que has tenido una juventud ultrajada.

–No bromeo. Escuchad, nodriza: vuestro prometido toca bajo la ventana...

Sebastiana prestó oídos y oyó fuera del castillo el sonido del cuerno del leproso.

Al día siguiente Medardo mandó llamar al doctor Trelawney.

–Han aparecido manchas sospechosas, no se sabe cómo, en el rostro de una vieja sirvienta nuestra –dijo al doctor–. Todos tememos que sea lepra. Doctor, confiamos en las luces de su sabiduría.

Trelawney se inclinó balbuciendo:

–Mi deber, *milord*..., siempre a sus órdenes, *milord*...

Dio media vuelta, salió, se escurrió a hurtadillas del castillo, cogió consigo un barrilete de vino *cancarone* y desapareció en los bosques. No volvimos a verlo en una semana. Cuando regresó, la nodriza Sebastiana había sido enviada a la aldea de los leprosos.

Había dejado el castillo una tarde al anochecer, vestida de negro y velada, metido bajo el brazo un hato con sus cosas. Sabía que su suerte estaba echada: tenía que tomar el camino de Pratofungo. Dejó la habitación donde la habían tenido hasta entonces, y no había nadie en los pasillos ni en las escaleras. Bajó, atravesó el patio, salió al campo: todo estaba desierto, todos a su paso se retiraban y se escondían. Oyó un cuerno de caza modular una queda llamada de sólo dos notas; delante, en el sendero, estaba Galateo, que alzaba al cielo la boca de su instrumento. La nodriza echó a andar con pasos lentos; el sendero se dirigía hacia el sol del ocaso. Galateo la precedía un buen trecho, de vez en cuando paraba como contemplando los abejorros que zumbaban entre las hojas, alzaba el cuerno y soltaba un melancólico acorde; la nodriza miraba los huertos y las riberas que estaba abandonando, sentía tras los setos la presencia de la gente que se alejaba de ella, y reanudaba su camino. Sola, siguiendo desde lejos a Galateo, llegó a Pratofungo, y las verjas de la aldea se cerraron a sus espaldas, mientras arpas y violines comenzaban a sonar.

El doctor Trelawney me había desilusionado mucho. No haber movido un dedo para que la vieja Sebastiana no fuera condenada a la leprosería –aun sabiendo que sus manchas no eran de lepra– era señal de vileza y por primera vez experimenté un movimiento de aversión contra el doctor. Añádase que cuando escapó a los bosques no me llevó consigo, a pesar de saber cuán útil le habría sido como cazador de ardillas y buscador de frambuesas. Ahora ya no me gustaba como antes ir con él por fuegos fatuos, y a menudo vagaba yo solo, en busca de nuevas compañías.

Las personas que más me atraían ahora eran los hugonotes, que vivían en Col Gerbido. Era gente escapada de Francia, donde el rey mandaba cortar en pedazos a todos los que seguían su religión. En la travesía de las montañas habían perdido sus libros y sus objetos sagrados y ahora ya no tenían ni Biblia que leer, ni misa que decir, ni himnos que cantar, ni plegarias que recitar. Desconfiados, como todos los que han pasado persecuciones y viven entre gente de distinta fe, no habían querido recibir ningún libro religioso, ni escuchar consejos sobre el modo de celebrar sus cultos. Si alguien iba a buscarlos diciéndose su hermano hugonote, temían que fuera un emisario del Papa disfrazado y se encerraban en el silencio. Así se habían puesto a cultivar las duras tierras de Col Gerbido, y se deslomaban trabajando, varones y hembras, desde la primera luz del alba hasta después de la puesta del sol, con la esperanza de que la gracia los iluminase. Poco expertos en lo que era pecado, para no equivocarse multiplicaban las prohibiciones y se habían reducido a mirarse unos a otros con ojos severos, espiando el menor gesto que traicionase una intención culpable. Recordando confusamente las disputas de su Iglesia, se abstenían de nombrar a Dios y de cualquier otra expresión religiosa, por miedo a hablar de modo sacrílego. Así pues, no seguían ninguna regla de culto, y probablemente ni siquiera se atrevían a formular pensamientos sobre asuntos de fe, aun conservando una gravedad absorta como si pensaran siempre en ello. En cambio, las reglas de su trabajosa agricultura habían adquirido con el tiempo un valor parejo al de los mandamientos, así como los hábitos de parsimonia a que se veían forzados, y las virtudes domésticas de las mujeres.

Eran una gran familia llena de nietos y nueras, todos largos y nudosos, y trabajaban la tierra siempre vestidos de fiesta, de negro y abotonados, con el sombrero de anchas alas caídas, los hombres, y con cofia blanca las mujeres. Los hombres llevaban largas barbas y andaban siempre con el fusil en bandolera, aunque se decía que ninguno de ellos había disparado nunca, salvo a los gorriones, porque lo prohibían los mandamientos.

En los bancales calizos donde a duras penas crecían unas míseras vidas y un enteco trigo, se alzaba la voz del viejo Ezequiel, que gritaba sin tregua con los puños levantados al cielo, temblorosa la blanca barba de chivo, revolviendo los ojos bajo el sombrero en forma de embudo:

–¡Peste y carestía! ¡Peste y carestía! –regañando a sus familiares inclinados sobre la tierra.

–¡Dale con esa pala, Jonás! ¡Arranca la hierba, Susana! ¡Tobías, esparce el estiércol! –y emitía mil órdenes y reproches con la ojeriza de quien se dirige a una pandilla de ineptos y derrochones, y cada vez, tras haber gritado las mil cosas que debían hacer para que el campo no se echase a perder, se ponía a hacerlas él mismo, echando a todos los de alrededor y gritando siempre:

–¡Peste y carestía!

Su mujer no gritaba nunca, en cambio, y parecía, a diferencia de los demás, segura de una religión secreta suya, fijada hasta en sus mínimos detalles, pero de la que no decía palabra a nadie. Le bastaba con mirar fijamente, con sus ojos todo pupila, y decir, con los labios estirados:

–Pero ¿os parece bien, hermana Raquel? Pero ¿os parece bien, hermano Aarón? –para que las escasas sonrisas desapareciesen de las bocas de sus familiares y las expresiones volvieran a hacerse graves y atentas.

Llegué una noche a Col Gerbido mientras los hugonotes estaban rezando; no es que pronunciasen palabras y estuvieran con las manos juntas o arrodillados; estaban erguidos en fila en la viña, los hombres a un lado y las mujeres al otro, y al fondo el viejo Ezequiel, con la barba sobre el pecho. Miraban fijamente ante sí con los puños cerrados colgando de los largos brazos nudosos, pero aunque parecían absortos no perdían la conciencia de lo que los rodeaba, y Tobías alargó una mano y quitó una oruga de una vid, Raquel, con la suela claveteada, aplastó una babosa, y el propio Ezequiel se quitó de repente el sombrero para espantar a los gorriones que bajaban al trigo.

Después entonaron un salmo. No recordaban la letra, sino sólo la música, y aun ésa no muy bien, y a menudo alguien desentonaba o quizá todos desentonaban siempre, pero no acababan nunca, y rematada una estrofa iniciaban otra, siempre sin pronunciar las palabras.

Sentí que me tiraban de un brazo y era el pequeño Esaú, que me hacía señas de estar callado y de ir con él. Esaú tenía mi edad; era el último hijo del viejo Ezequiel; de los suyos tenía sólo la expresión del rostro dura y tensa, pero con un fondo de malicia picaresca. Nos alejamos a gatas por la viña, mientras él me decía:

–Tienen aún para media hora; ¡qué rollo! Ven a ver mi guarida.

La guarida de Esaú era secreta. Se escondía allí para que los suyos no lo encontrasen y no lo mandasen a pastar las cabras o a quitar babosas de las hortalizas. Allí se pasaba jornadas enteras de holganza, mientras su padre lo buscaba chillando por el campo.

Esaú tenía una provisión de tabaco, y colgadas

de una pared había dos largas pipas de mayólica. Llenó una y quiso que fumase. Me enseñó a encenderla y lanzaba grandes bocanadas con una avidez que nunca había visto en un muchacho. Yo era la primera vez que fumaba; me puse en seguida malo y lo dejé. Para tranquilizarme, Esaú sacó una botella de aguardiente y me sirvió un vaso, que me hizo toser y retorcer las tripas. Él lo bebía como si fuera agua.

–Hace falta mucho para emborracharme –dijo.

–¿Dónde has cogido todas estas cosas que tienes en la guarida? –pregunté.

Esaú hizo un gesto rampante con los dedos:

–Robadas.

Se había puesto al frente de una banda de chicos católicos que saqueaban las campiñas vecinas, y no sólo despojaban los árboles frutales, sino que entraban también en las casas y los gallineros. Y blasfemaban más fuerte y más a menudo que el maestro Pietrochiodo, incluso; sabían todas las blasfemias católicas y hugonotas y las intercambiaban.

–Pero también hago otros pecados –me explicó–: levanto falsos testimonios, me olvido de echar agua a las judías, no respeto a mi padre ni a mi madre, regreso tarde a casa por la noche. Ahora quiero hacer todos los pecados que existen, aun esos que dicen que no soy lo bastante mayor para entender.

–¿Todos los pecados? –le dije yo–. ¿Incluso matar?

Se encogió de hombros:

–Matar ahora no me conviene ni me sirve para nada.

–Mi tío mata y manda matar por gusto, dicen –solté yo, para tener algo mío que oponer a Esaú.

Esaú escupió:

–Un gusto de bobos –dijo.

Luego tronó y fuera de la guarida empezó a llover.

–Te buscarán en tu casa –le dije a Esaú. A mí nadie me buscaba nunca, pero veía que a los otros niños los buscaban siempre sus padres, en especial cuando el tiempo se ponía feo, y creía que era algo importante.

–Esperemos aquí a que escampe –dijo Esaú–, y mientras tanto jugaremos a los dados.

Sacó los dados y una pila de dinero. Yo no tenía dinero, de modo que me jugué silbatos, navajas y hondas y lo perdí todo.

–No te desanimes –me dijo al final Esaú–; yo hago trampas, ¿sabes?

Fuera, truenos, relámpagos y lluvia a cántaros. La gruta de Esaú se fue inundando. Él puso a salvo el tabaco y sus otras cosas y dijo:

–Diluviará toda la noche; es mejor correr o refugiarse en casa.

Estábamos hechos una sopa y embarrados cuando llegamos al caserío del viejo Ezequiel. Los hugonotes estaban sentados a la mesa, a la luz de un candilejo, y trataban de recordar algún episodio de la Biblia, cuidando mucho de contarlos como cosas que les parecía haber leído antaño, de significado y verdad inseguros.

–¡Peste y carestía! –gritó Ezequiel dando un puñetazo en la mesa, que apagó el candil, cuando su hijo Esaú apareció conmigo en el vano de la puerta.

Yo empecé a entrechocar los dientes. Esaú se encogió de hombros. Fuera parecía que todos los truenos y rayos se descargaban sobre Col Gerbido. Mientras volvían a encender el candil, el viejo, con los puños alzados, enumeraba los pecados de su hijo como los más nefandos que un ser humano hubiera cometido nunca, aunque no conocía más que una pequeña parte. La madre asentía muda, y todos los otros hijos y yernos y nueras y nietos escuchaban con la barbilla en el pecho y el rostro escondido entre las manos. Esaú mordisqueaba una manzana, como si aquel sermón no fuera con él. Yo, entre los truenos y la voz de Ezequiel, temblaba como un junco.

La regañina fue interrumpida por el regreso de los hombres de guardia, con sacos a modo de capucha, todos empapados de lluvia. Los hugonotes hacían guardia por turno durante toda la noche, armados con fusiles, podaderas y horcas de heno para prevenir las incursiones alevosas del vizconde, ya enemigo declarado suyo.

–¡Padre! ¡Ezequiel! –dijeron aquellos hugonotes–. Hace una noche de perros. Seguro que el Cojo no vendrá. ¿Podemos retirarnos a casa, padre?

–¿No hay señales del Manco alrededor? –preguntó Ezequiel.

–No, padre, si se exceptúa el tufo a quemado que dejan los rayos. No es noche para el Tuerto ésta.

–Quedaos en casa y cambiaos de ropa, entonces. Que la tormenta traiga paz al Roto y a nosotros.

El Cojo, el Manco, el Tuerto y el Roto eran algunos de los apelativos con que los hugonotes indicaban a mi tío; nunca los oí llamarle por su verdadero nombre. En estos discursos exhibían una especie de confianza con el vizconde, como si lo supieran todo sobre él, como si fuera un viejo enemigo. Se lanzaban entre sí breves frases, acompañadas con guiños y risitas:

–Je, je, el Manco... Justamente así, el Medio Sordo... –como si todas las tenebrosas locuras de Medardo fueran claras y previsibles para ellos.

Estaban así hablando cuando en medio del temporal se oyó un puño que golpeaba la puerta.

–¿Quién llama con este tiempo? –dijo Ezequiel–. Pronto, que se le abra.

Abrieron, y en el umbral estaba el vizconde, erguido sobre su única pierna, envuelto en el negro manto chorreante, con el sombrero emplumado mojado por la lluvia.

–He atado mi caballo en vuestro establo –dijo–. Dadme hospitalidad también a mí, os lo ruego. La noche es mala para el caminante.

Todos miraron a Ezequiel. Yo me había escondido debajo de la mesa para que mi tío no descubriera que frecuentaba aquella casa enemiga.

–Sentaos al fuego –dijo Ezequiel–. El huésped es siempre bienvenido en esta casa.

Cerca del umbral había un montón de lienzos, de esos que se extienden bajo los árboles para recoger las aceitunas. Medardo se tumbó allí y se durmió.

En la oscuridad, los hugonotes se congregaron en torno a Ezequiel:

–Padre, ¡ahora tenemos al Cojo en nuestras manos! –bisbisearon–. ¿Vamos a dejarlo escapar? ¿Vamos a permitir que cometa más delitos contra los inocentes? Ezequiel, ¿no ha llegado la hora de que pague su pena el Desnalgado?

El viejo alzó los puños contra el techo:

–¡Peste y carestía! –gritó, si puede decirse que grita quien habla sin emitir casi sonidos, pero con toda su fuerza–. En nuestra casa nunca se le ha hecho daño a un huésped. Iré a montar guardia yo mismo para proteger su sueño.

Y con el fusil en bandolera se plantó al lado del vizconde acostado. El ojo de Medardo se abrió.

–¿Qué hacéis ahí, maese Ezequiel?

–Protejo vuestro sueño, huésped. Muchos os odian.

–Lo sé –dijo el vizconde–; no duermo en el castillo porque temo que los siervos me maten durante el sueño.

–Tampoco en mi casa os amamos, maese Medardo. Pero esta noche seréis respetado.

El vizconde permaneció un rato en silencio, y luego dijo:

–Ezequiel, quiero convertirme a vuestra religión.

El viejo no dijo nada.

–Estoy rodeado por gente infiel –continuó Medardo–. Quisiera deshacerme de todos ellos y llamar a los hugonotes al castillo. Vos, maese Ezequiel, seréis mi ministro. Declararé Terralba territorio hugonote e iniciaré la guerra contra los príncipes católicos. Vos y vuestros familiares seréis los jefes. ¿Estáis de acuerdo, Ezequiel? ¿Podéis convertirme?

El viejo estaba erguido, inmóvil, con el gran pecho atravesado por la bandolera del fusil.

–Demasiadas cosas he olvidado de nuestra religión –dijo– para que pueda atreverme a convertir a nadie. Yo me quedaré en mis tierras, según mi conciencia. Y vos en las vuestras con la vuestra.

El vizconde se alzó sobre el codo:

–¿Sabéis, Ezequiel, que aún no he dado cuenta a la Inquisición de la presencia de herejes en mi territorio? ¿Y que vuestras cabezas mandadas de regalo a nuestro obispo me harían recobrar de inmediato las gracias de la curia?

–Nuestras cabezas aún están pegadas a nuestros cuellos, señor –dijo el viejo–, pero hay algo que es aún más difícil arrancarnos.

Medardo saltó en pie y abrió la puerta.

–Dormiré de mejor grado bajo aquel roble de allí que en casa de enemigos.

Y se marchó bajo la lluvia.

El viejo llamó a los otros:

–Hijos, estaba escrito que primero viniera el Cojo a visitarnos. Ahora se ha marchado; el sendero de nuestra casa está despejado; no desesperéis, hijos; quizá un día pase un caminante mejor.

Todos los barbudos hugonotes y las mujeres encofiadas inclinaron la cabeza.

–Y aunque no venga nadie –agregó la mujer de Ezequiel–, nosotros seguiremos en nuestro puesto.

En aquel momento un relámpago rasgó el cielo y el trueno hizo temblar las tejas y las piedras de los muros. Tobías gritó:

–¡El rayo ha caído en el roble! ¡Se va a quemar!

Corrieron fuera con linternas y vieron el gran árbol carbonizado a medias, de la cima a las raíces, y la otra mitad estaba intacta. A lo lejos, bajo la lluvia, oyeron los cascos de un caballo y a la luz de un relámpago vieron la figura arrebujada del sutil jinete.

–Tú nos has salvado, padre –dijeron los hugonotes–. Gracias, Ezequiel.

El cielo clareaba por levante y ya era el alba.

Esaú me llamó aparte:

–Fíjate si son tontos –me dijo bajito–; mira yo, mientras tanto, lo que he hecho –y mostró un puñado de objetos brillantes–; le he quitado todas las borlas de oro de la silla mientras el caballo estaba atado en el establo. ¡Fíjate si han sido tontos ésos al no ocurrírseles!

Este modo de obrar de Esaú no me agradaba, y el de sus parientes me imponía respeto. De modo que preferí irme por mi cuenta y andar por la playa, cogiendo lapas y pescando cangrejos. Mientras trataba de desalojar de su guarida a un cangrejito en la punta de una roca vi en el agua tranquila reflejarse una espada sobre mi cabeza, y con el susto caí al mar.

–Sujétate aquí –dijo mi tío, porque era él, que se

había acercado a mis espaldas. Y quería que me agarrase a la hoja de su espada, por la parte del filo.

–No, ya me las arreglo –respondí, y trepé por un tajamar que un brazo de agua separaba del resto de la escollera.

–¿Buscas cangrejos? –dijo Medardo–. Yo, pulpos –y me mostró sus presas. Eran grandes pulpos marrones y blancos. Estaban cortados en dos de una estocada, pero seguían moviendo los tentáculos.

–Ojalá se pudieran partir todas las cosas enteras –dijo mi tío, tumbado de bruces en la roca, acariciando aquellas convulsas mitades de pulpo–, así cada uno podría salir de su obtusa e ignorante integridad. Estaba entero y todas las cosas eran para mí naturales y confusas, estúpidas como el aire; creía verlo todo y no veía más que la cáscara. Si alguna vez te conviertes en la mitad de ti mismo, muchacho, y te lo deseo, comprenderás cosas que escapan a la normal inteligencia de los cerebros enteros. Habrás perdido la mitad de ti y del mundo, pero la mitad que quede será mil veces más profunda y valiosa. Y también tú querrás que todo esté demediado y desgarrado a tu imagen, porque belleza y sabiduría y justicia existen sólo en lo hecho a pedazos.

–¡Huy, huy! –decía yo–, ¡qué multitud de cangrejos, aquí! –y fingía interés sólo por mi pesca, para mantenerme lejos de la espada de mi tío. No volví a la orilla hasta que se hubo alejado con sus pulpos. Pero el eco de sus palabras seguía turbándome y no encontraba remedios para su furia demediadora. Me volviera hacia donde me volviera, Trelawney, Pietrochiodo, los hugonotes, los leprosos, todos estábamos bajo el signo del hombre demediado, era él el amo al que servíamos y del que no lográbamos librarnos.

VI

Enganchado a la silla de su caballo saltarín, Medardo de Terralba subía y bajaba con la fresca por los barrancos y se asomaba hacia el valle escrutando con ojo de rapaz. Así vio a la pastorcilla Pamela en medio de un prado con sus cabras.

El vizconde se dijo: «Entre mis más agudos sentimientos no tengo nada que corresponda a lo que los enteros llaman amor. Y si para ellos un sentimiento tan bobo tiene tanta importancia, lo que para mí podrá corresponder a él será desde luego magnífico y terrible». Y decidió enamorarse de Pamela, que, gordezuela y descalza, con un sencillo trajecillo rosa, estaba tumbada boca abajo en la hierba, dormitando, hablando con las cabras y olisqueando las flores.

Pero los pensamientos que había formulado fríamente no deben llamarnos a engaño. Al ver a Pamela, Medardo había sentido un confuso movimiento de la sangre, algo que no experimentaba desde hacía tiempo, y se había refugiado en aquellos razonamientos con una especie de prisa atemorizada.

En el camino de regreso, a mediodía, Pamela vio que todas las margaritas de los prados tenían sólo la mitad de los pétalos, y la otra mitad de la corola había sido deshojada. «¡Ay de mí! –se dijo–. ¡De todas las chicas del valle tenía que ocurrirme precisamente a mí!» Había comprendido que el vizconde se había enamorado de ella. Cogió todas las medias margaritas, las llevó a su casa y las metió entre las páginas del libro de misa.

Por la tarde sacó a los patos al Prado de las Monjas para que comieran y nadaran en la charca. El prado estaba cubierto de blancas chirivías, pero también a estas flores les había cabido la suerte de las margaritas, como si parte de cada corimbo hubiera sido cortada de un tijeretazo. «¡Ay, ay de mí –se dijo–, me quiere precisamente a mí!», y recogió en un ramillete las chirivías partidas, para ponerlas en el marco del espejo de la cómoda.

Después no volvió a pensar en ello, se ató la trenza alrededor de la cabeza, se quitó el trajecito y se bañó en el laguito con sus patos.

Por la noche, al volver a casa por los prados, estaba todo lleno de vilanos, también llamados «molinillos». Y Pamela vio que habían perdido el plumón de un solo lado, como si alguien se hubiera tendido en el suelo para soplarles por una parte, o con media boca solamente. Pamela cogió alguna de las medias esferas blancas, las sopló y su mórbido espumeo voló a lo lejos. «¡Ay, ay de mí! –se dijo–, pues sí que me quiere. ¿Cómo acabará esto?»

La casuca de Pamela era tan pequeña que una vez que entraban las cabras en el primer piso y los patos en la planta baja no cabía nadie más. Todo alrededor estaba rodeado de abejas, porque también tenían colmenas. Y el suelo estaba lleno de hormigueros, y bastaba con posar una mano en cualquier sitio para sacarla negra y hormigueante. Así las cosas, la mamá de Pamela dormía en el pajar, el papá dormía en una barrica vacía, y Pamela en una hamaca colgada entre una higuera y un olivo.

En el umbral Pamela se detuvo. Había una mariposa muerta. Un ala y la mitad del cuerpo habían sido aplastados por una piedra. Pamela soltó un chillido y llamó a papá y mamá.

–¿Quién ha estado aquí? –dijo Pamela.

–Ha pasado nuestro vizconde hace poco –dijeron papá y mamá–; ha dicho que estaba persiguiendo una mariposa que le había picado.

–¿Desde cuándo las mariposas pican a nadie? –dijo Pamela.

–Bueno, también nosotros nos lo preguntamos.

–La verdad es –dijo Pamela– que el vizconde se ha enamorado de mí y debemos estar preparados para lo peor.

–¡Huy, huy, no te calientes los cascos, no exageres! –respondieron los viejos, como suelen responder siempre los viejos, cuando no son los jóvenes los que les responden a ellos así.

Al día siguiente, cuando llegó a la piedra donde solía sentarse apacentando las cabras, Pamela lanzó un grito. Horrendos restos afeaban la piedra: la mitad de un murciélago y la mitad de una medusa, una goteando negra sangre y la otra viscosa materia; una con el ala desplegada y la otra con los blandos flecos gelatinosos. La pastorcilla comprendió que era un mensaje. Quería decir: «Cita esta noche a la orilla del mar». Pamela se armó de valor y fue.

A la orilla del mar se sentó en los cantos rodados y escuchaba el susurro de las olas blancas. Y luego, un piafar por los cantos rodados y Medardo galopaba por la orilla. Se detuvo, se desenganchó, bajó de la silla.

–Yo, Pamela, he decidido estar enamorado de ti –le dijo.

–¿Y por eso –saltó ella– destrozáis todas las criaturas de la naturaleza?

–Pamela –suspiró el vizconde–, no tenemos ningún otro lenguaje para hablarnos salvo ése. Cada encuentro de dos seres en el mundo es un desgarrarse. Ven conmigo, conozco ese mal y estarás más segura que con ningún otro, porque yo hago el mal como todos lo hacen; pero, a diferencia de los otros, mi mano es segura.

–¿Y me destrozaréis a mí también, como a las margaritas o las medusas?

–No sé lo que haré contigo. Desde luego el tenerte me hará posibles cosas que ni siquiera imagino. Te llevaré al castillo y te tendré allí y nadie más te verá, y dispondremos de días y meses para comprender lo que debemos hacer e inventar modos siempre nuevos de estar juntos.

Pamela estaba tumbada sobre la grava y Medardo se había arrodillado a su lado. Al hablar gesticulaba rozándola con la mano todo alrededor, pero sin tocarla.

–Pues bien: primero debo saber qué me haréis.

Bien podéis darme una muestra ahora, y yo decidiré si voy o no al castillo.

El vizconde aproximó lentamente a la mejilla de Pamela su mano fina y encorvada. La mano temblaba y no se sabía si se tendía en una caricia o un arañazo. Pero aún no había llegado a tocarla, cuando retiró la mano de repente y se puso en pie.

–Te quiero en el castillo –dijo, subiéndose al caballo–, voy a preparar la torre donde vivirás. Te dejo un día más para pensarlo, y luego tendrás que decidirte.

Y en diciendo esto picó espuelas por aquellas playas.

Al día siguiente Pamela subió como de ordinario a la morera a coger moras, y oyó gemir y aletear entre las frondas. Por poco se cae del susto. En una rama alta había un gallo atado por las alas, y gruesas orugas azules y peludas lo estaban devorando; un nido de procesionarias, insectos dañinos que viven en los pinos, se había instalado justo en la cresta.

Era, claro, otro de los horribles mensajes del vizconde. Y Pamela lo interpretó: «Mañana de madrugada nos veremos en el bosque».

Con la excusa de llenar un saco de piñas, Pamela subió al bosque, y Medardo asomó por detrás de un tronco, apoyado en su muleta.

–¿Qué –preguntó a Pamela–, te has decidido a venir al castillo?

Pamela estaba tumbada sobre las agujas de pino.

–Decidida a no ir –dijo, volviéndose apenas–. Si me queréis, venid a verme aquí al bosque.

–Vendrás al castillo. La torre donde deberás vivir está preparada y serás su única dueña.

–Vos queréis tenerme allí prisionera y luego a lo mejor quemarme en un incendio o hacer que me roan los ratones. No, no. Os lo he dicho: seré vuestra si lo queréis, pero aquí, sobre las agujas de pino.

El vizconde se había acurrucado junto a la cabeza de ella. Tenía una aguja de pino en la mano; la acercó a su cuello y se la pasó alrededor. Pamela sintió que se le ponía carne de gallina, pero se quedó quieta. Veía el rostro del vizconde inclinado sobre ella, aquel perfil que seguía siendo perfil incluso visto de frente, y aquella media cerca de dientes descubiertos en una sonrisa de tijera. Medardo apretó la aguja de pino en el puño y la rompió. Se puso en pie.

–¡Quiero tenerte encerrada en el castillo, encerrada en el castillo!

Pamela comprendió que podía arriesgarse, y movía en el aire los pies descalzos diciendo:

–Aquí en el bosque, no digo que no; encerrada, ni muerta.

–¡Sabré llevarte yo allá! –dijo Medardo, poniendo la mano en el lomo del caballo, que se había acercado como si pasase por allí por casualidad. Subió al estribo y picó espuelas por los senderos del bosque.

Aquella noche Pamela durmió en su hamaca colgada entre el olivo y la higuera, y por la mañana,

¡horror!, se encontró un pequeño cadáver ensangrentado en el regazo. Era una media ardilla, cortada como siempre a lo largo, pero con la leonada cola intacta.

–¡Ay, pobre de mí! –dijo a sus padres–, este vizconde no me deja vivir.

Papá y mamá se pasaron de mano en mano el cadáver de la ardilla.

–Pero –dijo papá– la cola la ha dejado entera. Quizá sea buena señal...

–Quizá esté comenzando a volverse bueno... –dijo mamá.

–Lo corta siempre todo en dos –dijo papá–, pero lo que la ardilla tiene más hermoso, la cola, lo respeta...

–Quizá este mensaje quiere decir –dijo mamá– que respetará lo que tú tienes de bueno y de hermoso...

Pamela se echó las manos a la cabeza.

–¿Qué es lo que oigo, padre y madre? Aquí hay gato encerrado: el vizconde os ha hablado...

–Hablado, no –dijo el padre–, pero nos ha mandado recado de que quiere venir a vernos y se interesará por nuestras miserias.

–Padre, si viene a hablarte destapa las colmenas y échale encima las abejas.

–Hija, quizá maese Medardo se está volviendo mejor... –dijo la vieja.

–Madre, si viene a hablaros, atadlo sobre el hormiguero y dejadlo allí.

Aquella noche el pajar donde dormía la madre se prendió fuego y la barrica donde dormía el padre se destrozó. Por la mañana, los dos viejos contemplaban los restos del desastre cuando apareció el vizconde.

–Siento haberos asustado esta noche –dijo–, pero no sabía cómo entrar en materia. La verdad es que me gusta vuestra hija Pamela y quisiera llevármela al castillo. Por eso os pido formalmente que la confiéis a mis manos. Su vida cambiará, y también la vuestra.

–¡Imagínese qué contentos estaríamos, señoría! –dijo el viejito–. Pero ¡si usted supiera el carácter que tiene mi hija! Figúrese que ha dicho que le echáramos encima las abejas de las colmenas...

–Figúrese, señoría... –dijo la madre–, imagínese que ha dicho que lo atáramos sobre el hormiguero...

Por suerte Pamela regresó pronto a casa ese día. Encontró a su padre y a su madre atados y amordazados uno en la colmena, la otra en el hormiguero. Y por suerte las abejas conocían al viejo y las hormigas tenían otra cosa que hacer que morder a la vieja. Así pudo salvarlos a ambos.

–¿Habéis visto lo bueno que se ha vuelto el vizconde? –dijo Pamela.

Pero los dos viejecitos tramaban algo. Y al día siguiente ataron a Pamela y la encerraron en casa con los animales, y fueron al castillo a decirle al vizconde que si quería a su hija podía mandarla a buscar, que ellos estaban dispuestos a entregársela.

Pero Pamela sabía hablar con sus animales. A picotazos los patos la libraron de los nudos, y a topetazos las cabras hundieron la puerta. Pamela escapó, cogió consigo la cabra y el pato preferidos, y se fue a vivir al bosque. Estaba en una gruta conocida sólo por ella y por un niño que le llevaba alimentos y noticias.

Aquel niño era yo. Con Pamela en el bosque la vida era estupenda. Le llevaba fruta, queso y pescado frito, y ella a cambio me daba alguna taza de leche de la cabra y algún huevo de pato. Cuando ella se bañaba en las charcas y los arroyos yo montaba guardia para que nadie la viese.

Por el bosque pasaba a veces mi tío, pero se mantenía alejado, aunque manifestando su presencia de los tristes modos habituales. A veces un derrumbamiento de piedras rozaba a Pamela y a sus animales; a veces un tronco de pino en el que se apoyaba cedía, minado en su base por hachazos; a veces una fuente resultaba inficionada por restos de animales muertos.

Mi tío había empezado a salir de caza, con una ballesta que conseguía manejar con su único brazo. Pero se había vuelto aún más sombrío y sutil, como si nuevas penas royesen aquella piltrafa de su cuerpo.

Un día el doctor Trelawney iba conmigo por los campos cuando el vizconde vino hacia nosotros a caballo y casi chocó contra él, haciéndolo caer. El caballo se había parado con el casco en el pecho del inglés, y mi tío dijo:

–Explíqueme esto, doctor, tengo una sensación, como si la pierna que no tengo estuviera cansada de tanto caminar. ¿Qué puede ser esto?

Trelawney se aturulló y balbució como solía, y el

vizconde picó espuelas. Pero la pregunta debió de impresionar al doctor, que se puso a reflexionar sobre ella, sosteniéndose la cabeza con las manos. Nunca había visto en él tanto interés por una cuestión de medicina humana.

VII

Alrededor de Pratofungo crecían matas de mastranzo y setos de romero, y no se sabía si eran de naturaleza silvestre o planteles de un huerto de especias. Yo vagaba con el pecho cargado de un hálito dulzón y buscaba un método para reunirme con la vieja nodriza, Sebastiana.

Desde que Sebastiana había desaparecido por el sendero que llevaba al pueblo de los leprosos, yo recordaba con más frecuencia que era huérfano. Me desesperaba no saber nada de ella; le preguntaba a Galateo, gritando encaramado a la copa de un árbol cuando pasaba; pero Galateo era enemigo de los niños, que a veces le tiraban babosas vivas desde las copas de los árboles, y daba respuestas burlonas e incomprensibles, con su voz meliflua y resonante. Y ahora la curiosidad de entrar en Pratofungo se añadía en mí a la de encontrar a la gran nodriza, y vagaba sin tregua entre las matas olorosas.

Y he aquí que de un matorral de tomillo se alzó una figura vestida de claro, con un sombrero de paja, y caminó hacia el pueblo. Era un viejo leproso, y yo quería preguntarle por la nodriza, y acercándome un poco, lo bastante para hacerme oír, pero sin gritar, dije:

–¡Eh, señor leproso...!

Pero en ese momento, quizá despertada por mis palabras, una figura se sentó justamente a mi lado, y se desperezó. Tenía el rostro todo escamoso, como una corteza seca, y una lanosa y rala barba blanca. Sacó del bolsillo un silbato y lanzó un trino hacia mí, como si se mofase. Advertí entonces que la tarde soleada estaba llena de leprosos tumbados, escondidos entre los arbustos, y ahora se levantaban poco a poco con sus claros sayos, y caminaban a contraluz hacia Pratofungo, llevando en la mano instrumentos musicales o de jardinero, y haciendo ruido con ellos. Yo me había retraído para alejarme de aquel hombre barbudo, pero casi acabé encima de una leprosa sin nariz que se estaba peinando entre las hojas de un laurel, y por mucho que saltaba por los matorrales siempre caía contra otros leprosos y me daba cuenta de que los pasos que podía dar eran sólo en dirección a Pratofungo, cuyos techos de paja adornados con festones de cometa estaban ya próximos, al pie de aquella cuesta.

Los leprosos sólo me prestaban atención de vez en cuando, con guiños de ojo y acordes de organillo, pero me parecía que en el centro de su marcha estaba yo, y que me acompañaban a Pratofungo igual que a un animal capturado. En el pueblo, los muros de las casas estaban pintados de lila y en una ventana una mujer semivestida, con manchas lilas en la cara y el pecho, tañedora de lira, gritó:

–¡Han vuelto los jardineros! –y tocó la lira.

Otras mujeres se asomaron a las ventanas y a los miradores agitando collares de cascabeles y cantando:

–¡Bienvenidos, jardineros!

Yo procuraba mantenerme por el centro de la calleja y no tocar a nadie; pero me encontré como en una encrucijada, con leprosos todo alrededor, sentados hombres y mujeres en el umbral de sus casas, con sayos desgarrados y desteñidos bajo los que se traslucían bubones y vergüenzas, y entre los cabellos flores de espino albar y anémonas.

Los leprosos ejecutaban un concertillo que aseguraría que era en mi honor. Algunos inclinaban los violines hacia mí con exagerados trémolos del arco, otros en cuanto los miraba remedaban a las ranas, otros me mostraban extraños muñecos que subían y bajaban por un hilo. Su concierto estaba compuesto de muchos y muy discordes gestos y sonidos, pero había una especie de estribillo que repetían de vez en cuando:

–Nuestro pollito sin manchas, con las moras se manchó.

–Busco a mi nodriza –dije en voz alta–, a la vieja Sebastiana. ¿Sabéis dónde está?

Estallaron en risas, con aquel aire suyo resabiado y maligno.

–¡Sebastiana! –grité–. ¡Sebastiana! ¿Dónde estás?

–Aquí, niño –dijo un leproso–, tranquilo, niño –e indicó una puerta.

La puerta se abrió y salió una mujer olivácea, quizá sarracena, semidesnuda y tatuada, con colas de cometa encima, que empezó una danza licenciosa. No comprendí bien lo que sucedió luego: hombres y mujeres se lanzaron unos sobre otros e iniciaron lo que después me enteré de que debía ser una orgía.

Me empequeñecía, muy pequeño, cuando de pronto la gran vieja Sebastiana se abrió paso entre aquel círculo.

–¡Puercos asquerosos! –dijo–. Un poco de respeto, al menos, para un alma inocente.

Me cogió de la mano y me sacó de allí mientras ellos cantaban:

–¡Nuestro pollito sin manchas, con las moras se manchó!

Sebastiana estaba vestida con ropas violeta claro de corte casi monacal y ya algunas manchas desfiguraban sus mejillas sin arrugas. Yo estaba feliz por haber encontrado a la nodriza, pero desesperado porque me había cogido de la mano y pegado seguramente la lepra. Y se lo dije.

–No tengas miedo –respondió Sebastiana–, mi padre era pirata y mi abuelo ermitaño. Sé las virtudes de todas las hierbas contra las enfermedades, tanto de nuestra tierra como moriscas. Ellos se restriegan con orégano y malva; yo en cambio, a la chita callando, con borrajas y berros me hago unos cocimientos y no pillaré nunca la lepra, hasta que reviente.

–¿Y esas manchas que tienes en la cara, nodriza? –pregunté, muy aliviado pero aún no convencido del todo.

–Pez griega. Para hacerles creer que también yo

tengo la lepra. Ven conmigo, que te daré una de mis tisanas bien caliente, porque cuando uno anda por aquí toda prudencia es poca.

Me había llevado a su casa, una cabaña algo apartada, limpia, con la ropa tendida; y charlamos.

–¿Y Medardo? ¿Y Medardo? –me interrogaba ella, y cada vez que hablaba me quitaba la palabra de la boca–. ¡Ah, qué granuja! ¡Ah, qué malandrín! ¡Enamorado! ¡Ah, pobre muchacha! Pues aquí, aquí, ¡no os lo imagináis! ¡Si supieras lo que desperdician! Cosas que nos quitamos de la boca para dárselas a Galateo, y aquí ¿sabes qué hacen con ellas? Y ese Galateo no es nada bueno, ¿sabes? ¡Un mal sujeto, y no es el único! ¡Qué cosas hacen por la noche! ¡Y de día, también! Y estas mujeres, ¡nunca las he visto tan desvergonzadas! Si al menos supieran arreglar la ropa, ¡pero ni eso! ¡Desordenadas y andrajosas! Oh, se lo he dicho en su cara... Y ellas, ¿sabes qué me han contestado ellas?

Muy contento con esta visita a la nodriza, al día siguiente fui a pescar anguilas.

Eché el sedal en un laguito del torrente y mientras esperaba me dormí. No sé cuánto duró mi sueño; un ruido me despertó. Abrí los ojos y vi una mano alzada sobre mi cabeza, y en la mano una peluda araña roja. Me di la vuelta y era mi tío con su negro manto.

Salté en pie lleno de susto, pero en ese momento la araña mordió la mano de mi tío y desapareció rapidísima. Mi tío se llevó la mano a los labios, chupó levemente la herida y dijo:

–Dormías y he visto una araña venenosa deslizarse sobre tu cuello desde esa rama. Adelanté la mano y mira, me ha picado.

No creí ni media palabra; ya tres veces, por decir pocas, había atentado contra mi vida con parecidos sistemas. Pero lo cierto es que ahora la araña le había mordido la mano y la mano se le hinchaba.

–Tú eres mi sobrino –dijo Medardo.

–Sí –respondí, un poco sorprendido porque era la primera vez que demostraba reconocerme.

–Te reconocí en seguida –dijo él.

Y añadió:

–¡Ah, araña! ¡Tengo una única mano y tú quieres envenenármela! Aunque, eso sí, mejor que le haya tocado a mi mano que al cuello de este niño.

Que yo supiera, mi tío nunca había hablado así. La duda de que dijera la verdad y que de pronto se hubiera vuelto bueno atravesó por mi mente, pero de inmediato la descarté: en él eran habituales ficciones y trampas. Parecía muy cambiado, sí, con una expresión ya no tensa y cruel, sino lánguida y acongojada, quizá por el miedo y el dolor de la picadura. Pero también su vestimenta empolvada y de corte un poco distinto de lo habitual contribuía a esa impresión: su capa negra estaba un poco desflecada, con hojas secas y erizos de castaña pegados a los bordes; tampoco el traje era del habitual terciopelo negro, sino de un fustán pelado y desteñido, y la pierna no iba envainada en la alta bota de cuero, sino en una calza de lana de listas azules y blancas.

Para demostrar que no me interesaba por él, fui a mirar si alguna anguila había picado en mi sedal. Anguilas no había, pero vi que enfilado en el anzuelo brillaba un anillo de oro con un diamante. Lo saqué y en la piedra estaba el escudo de los Terralba.

El vizconde me seguía con la mirada y dijo:

–No te asombres. Al pasar por aquí vi que una anguila se debatía en el anzuelo y me dio tanta pena que la liberé; después, pensando en el perjuicio que había procurado con mi gesto al pescador, he querido compensarlo con mi anillo, lo último de valor que me queda.

Yo me había quedado con la boca abierta. Y Medardo continuó:

–Aún no sabía que el pescador eras tú. Luego te encontré dormido entre la hierba, y el placer de verte se mudó de inmediato en aprensión ante aquella araña que bajaba sobre ti. El resto, ya lo sabes –y así diciendo se miró tristemente la mano hinchada y violácea.

Podía ocurrir que todo fuera una sucesión de crueles engaños; pero yo pensaba en lo hermosa que habría sido una repentina conversión de sentimientos, en la alegría que le hubiera dado a Sebastiana, a Pamela, a todas las personas que padecían por su crueldad.

–Tío –le dije a Medardo–, espérame aquí. Corro junto a la nodriza Sebastiana, que conoce todas las hierbas, y hago que me dé la que cura las picaduras de araña.

–La nodriza Sebastiana... –dijo el vizconde, tumbado con la mano sobre el pecho–. ¿Cómo está, pues?

No me fié como para decirle que Sebastiana no había cogido la lepra y me limité a decir:

–Bueno, así asá. Me voy –y escapé corriendo, deseoso más que nada de preguntarle a Sebastiana qué pensaba de estos extraños fenómenos.

Encontré a la nodriza en su cabaña. Estaba jadeante por la corrida y la impaciencia, y le hice un relato algo confuso, pero la vieja se interesó más por la picadura que por los actos de bondad de Medardo.

–¿Una araña roja, dices? Sí, sí, conozco la hierba que hace falta... A un leñador se le hinchó un brazo, una vez... ¿Se ha vuelto bueno, dices? Pues, qué quieres que te diga, siempre ha sido un chico así, también a él hay que saberlo llevar... Pero ¿dónde habré puesto esa hierba? Basta con ponerle una compresa. Un granuja desde pequeño, Medardo... Aquí está la hierba, había dejado en reserva una bolsita... Pero siempre lo mismo: cuando se hacía daño venía a llorar con la nodriza... ¿Es profunda esa picadura?

–Tiene la mano izquierda así de hinchada –dije.

–Ja, ja, niño... –rió la nodriza–. La izquierda... ¿Y dónde tiene maese Medardo la izquierda? La dejó allá, en Bohemia, con aquellos turcos, el diablo se los lleve, la dejó allá, toda la mitad izquierda de su cuerpo...

–Ah, claro –dije yo–, y sin embargo... él estaba allí, yo estaba aquí, él tenía la mano vuelta así... ¿Cómo puede ser?

–¿Ya no distingues la derecha de la izquierda, ahora? –dijo la nodriza–. Pues lo aprendiste cuando tenías cinco años...

Yo no entendía nada. Desde luego, Sebastiana tenía razón, pero yo recordaba todo lo contrario.

–Llévale esta hierba, pues, sé bueno –dijo la nodriza, y yo salí corriendo.

–Llegué jadeante al torrente, pero mi tío ya no estaba. Miré por todas partes alrededor: había desaparecido con su mano hinchada y envenenada.

Caía la noche y yo vagaba entre los olivos. Y de repente lo veo, envuelto en su manto negro, de pie en la ribera, apoyado en un tronco. Me daba la espalda y miraba hacia el mar. Yo sentí que el miedo volvía a asaltarme, y con trabajo, con un hilo de voz, conseguí decir:

–Tío, aquí está la hierba para la picadura...

El medio rostro se volvió de inmediato, contraído en una mueca feroz.

–¿Qué hierba? ¿Qué picadura? –gritó.

–Pues la hierba para curar... –dije. La expresión dulce de antes había desaparecido, había sido un momento pasajero; ahora quizá retornaba lentamente, con una sonrisa tensa, pero se veía perfectamente que era una ficción.

–Sí..., estupendo... métela en el hueco de aquel tronco... La cogeré después... –dijo.

Obedecí y metí la mano en el hueco. Era un nido de avispas. Me volaron todas encima. Eché a correr, perseguido por el enjambre, y me arrojé al torrente. Nadé bajo el agua y conseguí despistar a las avispas. Al levantar la cabeza, oí la sombría carcajada del vizconde que se alejaba.

Una vez más había conseguido engañarnos. Pero no comprendía muchas cosas y fui a casa del doctor Trelawney para hablarle de ellas. El inglés estaba en su casucha de sepulturero, a la luz de un farolillo, inclinado sobre un libro de anatomía humana, caso raro.

–Doctor –le pregunté–, ¿se ha dado alguna vez que un hombre picado por la araña roja saliera incólume?

–¿Araña roja, dices? –saltó el doctor–. ¿A quién más ha picado la araña roja?

–A mi tío vizconde –dije–, y ya le llevaba yo la hierba de la nodriza cuando de bueno que parecía se ha vuelto malo y ha rechazado mi ayuda.

–Ahora mismo acabo de curar al vizconde de la picadura de una araña roja en la mano –dijo Trelawney.

–Y, dígame, doctor, ¿le ha parecido bueno o malo?

Entonces el doctor me contó cómo había ocurrido.

Después de haber dejado yo al vizconde tumbado en la hierba con la mano inflada, pasó por allí el doctor Trelawney. Repara en el vizconde y, asaltado como siempre por el miedo, trata de esconderse entre los árboles. Pero Medardo ha oído los pasos y se levanta y grita:

–¡Eh! ¿Quién anda ahí?

El inglés piensa: «Si descubre que soy yo el que me escondo, quién sabe lo que cavila en contra de mí», y escapa para no ser reconocido. Pero tropieza y cae en el laguito del torrente. Aunque se ha pasado la vida en los barcos, el doctor Trelawney no sabe nadar, y bracea en medio del laguito, y pide socorro. Entonces el vizconde dice:

–Espérame –y va a la orilla, baja hasta el agua colgándose, con su mano dolorida, de una raíz de árbol que sobresale, y se estira hasta que su pie puede ser agarrado por el doctor. Largo y fino como es, le sirve de cuerda para que pueda alcanzar la orilla.

Cuando están a salvo, el doctor balbuce:

–Oh, oh, *milord*..., gracias, realmente, *milord*... ¿cómo puedo...? –y le estornuda en la cara porque ha atrapado un resfriado.

–¡Jesús! –dice Medardo–, pero tápese, por favor –y le echa su manto a los hombros.

El doctor rehúsa, más confuso que nunca. Y el vizconde le dice:

–Tenga, es suyo.

Entonces Trelawney advierte la mano hinchada de Medardo.

–¿Qué animal le ha picado?

–Una araña roja.

–Deje que lo cure, *milord*.

Y lo lleva a su casucha de sepulturero, donde cura la mano con fármacos y vendas. Mientras tanto, el vizconde charla con él lleno de humanidad y cortesía. Se separan con la promesa de volverse a ver pronto y reforzar la amistad.

–¡Doctor! –dije yo, tras haber escuchado su relato–. El vizconde que usted ha curado, poco después ha vuelto a ser presa de su cruel locura y ha desanidado contra mí una nube de avispas.

–No el que curé yo –dijo el doctor, y guiñó el ojo.

–¿Qué quiere decir, doctor?

–Lo sabrás en seguida. Ahora no digas ni una palabra a nadie. Y déjame con mis estudios, que se preparan tiempos revueltos.

Y el doctor Trelawney no se preocupó más por mí; volvió a hundirse en su insólita lectura del tratado de anatomía humana. Debía de tener un proyecto en la cabeza, y durante todos los días siguientes estuvo reticente y abstraído.

Pero por distintas partes empezaban a llegar noticias de una doble naturaleza de Medardo. Niños extraviados en el bosque y encontrados, con gran miedo suyo, por el medio hombre de la muleta, que los devolvía a sus casas de la mano y les regalaba higos y buñuelos; pobres viudas ayudadas por él a transportar haces; perros mordidos por la víbora y curados por él, regalos misteriosos hallados por los pobres en los antepechos y los umbrales, árboles frutales desarraigados por el viento enderezados y afianzados en sus cepellones antes de que los propietarios hubieran sacado la nariz por la puerta.

Pero, al mismo tiempo, las apariciones del vizconde medio envuelto en el manto negro marcaban lóbregos acontecimientos: niños raptados eran encontrados luego prisioneros en grutas obstruidas con piedras; derrumbamientos de troncos y rocas caían sobre las viejecitas; calabazas recién maduras eran hechas pedazos por puro espíritu malvado.

La ballesta del vizconde disparaba desde hacía tiempo sólo a las golondrinas, y de manera que no las mataba, sino sólo las hería y tullía. Pero ahora empezaban a verse en el cielo golondrinas con las patitas vendadas y atadas a tablillas, o con las alas pegadas con esparadrapo; había toda una bandada de golondrinas así compuestas que volaban con prudencia todas juntas, como convalecientes de un hospital pajaril, e inverosímilmente se decía que el propio Medardo era el doctor.

Una vez un temporal sorprendió a Pamela en un distante paraje inculto, con su cabra y su pato. Sabía que allí cerca había una gruta, aunque pequeña, una cavidad apenas insinuada en la roca, y se dirigió a ella. Vio que asomaba una bota gastada y remendada, y dentro estaba acurrucado el medio cuerpo envuelto en el manto negro. Hizo ademán de huir pero el vizconde ya la había divisado y saliendo bajo la lluvia a cántaros le dijo:

–Abrígate aquí, muchacha, ven.

–No, que no me abrigo –dijo Pamela–, porque apenas cabe uno, y vos queréis que me esté ahí aplastada.

–No tengas miedo –dijo el vizconde–. Me quedaré fuera y podrás estar a tus anchas en el refugio, con tu cabra y tu pato.

–La cabra y el pato pueden aguantar el agua.

–Ya verás como los abrigamos también a ellos.

Pamela, que había oído hablar de los extraños accesos de bondad del vizconde, se dijo: «Veamos», y se acurrucó en la gruta, apretándose contra los dos animales. El vizconde, erguido allí delante, sostenía el manto como una cortina, para que no se mojasen siquiera el pato y la cabra. Pamela miró la mano que sujetaba el manto, quedó un momento pensativa, se puso a mirar sus propias manos, las comparó una con otra, y después estalló en una gran carcajada.

–Me encanta que estés alegre, muchacha –dijo el vizconde–, pero ¿por qué te ríes?, si se me permite la pregunta.

–Río porque he comprendido lo que trae locos a todos mis paisanos.

–¿Qué?

–Que sois un poco bueno y un poco malo. Ahora todo es natural.

–¿Y por qué?

–Porque me he dado cuenta de que sois la otra mitad. El vizconde que vive en el castillo, el malo, es una mitad. Y vos sois la otra mitad, que se creía perdida en la guerra y que ahora ha regresado. Es una mitad buena.

–Eso es muy amable. Gracias.

–Oh, es así, no es por haceros un cumplido.

He aquí, pues, la historia de Medardo, como Pamela la conoció aquella tarde. No era cierto que la bala de cañón hubiera desmenuzado parte de su cuerpo; había sido cortado en dos mitades; una fue encontrada por los recogedores de heridos del ejército; la otra quedó enterrada bajo una pirámide de restos cristianos y turcos y no la vieron. Ya noche cerrada pasaron por el campo dos eremitas, no se sabe bien si fieles a la religión verdadera o nigromantes, los cuales, como les ocurre a algunos en las guerras, se veían reducidos a vivir en las tierras desiertas entre los dos campos, y quizá, se dice ahora, trataban de abarcar al tiempo la Trinidad cristiana y el Alá de Mahoma. Con su extravagante piedad, aquellos eremitas, al encontrar el cuerpo partido de Medardo, se lo habían llevado consigo a su espelunca y allí, con bálsamos y ungüentos preparados por ellos, lo habían medicinado y salvado. Apenas restablecidas sus fuerzas, el herido se había despedido de sus salvadores y, renqueando con su muleta, había recorrido durante meses y años las naciones cristianas para volver a su castillo, maravillando a las gentes por el camino con sus actos de bondad.

Tras haber contado a Pamela su historia, el medio vizconde bueno quiso que la pastorcilla le contase la propia. Y Pamela explicó cómo el Medardo malo la asediaba y cómo ella había escapado de casa y vagaba por los bosques. Ante el relato de Pamela, el Medardo bueno se conmovió, y compartió su piedad entre la virtud perseguida de la pastorcilla, la tristeza sin consuelo del Medardo malo, y la soledad de los pobres padres de Pamela.

–¡Oh, ésos! –dijo Pamela–. Mis padres son dos viejos malandrines. No viene al caso que los compadezcáis.

–Oh, piensa en ellos, Pamela, qué tristes estarán a estas horas en su vieja casa, sin nadie que se ocupe de ellos y haga los trabajos del campo y de la cuadra.

–¡Ojalá se derrumbe sobre sus cabezas la cuadra! –dijo Pamela–. Empiezo a entender que sois un poco tiernecito de más, y en lugar de tomarla con vuestro otro pedazo por todas las bastardías que maquina, casi parece que tengáis piedad de él.

–¿Cómo no tenerla? Sé lo que significa ser la mitad de un hombre; no puedo dejar de compadecerlo.

–Pero vos sois distinto; algo chalado también, pero bueno.

Entonces el buen Medardo dijo:

–Oh, Pamela, eso es lo bueno de estar partido: el comprender en cada persona y cosa del mundo la pena que cada uno y cada una tiene por su propia incompletez. Yo estaba entero y no entendía, y me movía sordo e incomunicable entre los dolores y las heridas sembrados por dondequiera, allí donde, de entero, uno menos se atreve a creer. No soy yo sólo, Pamela, un ser cortado y arrancado, sino tú también, y todos. Y ahora yo tengo una fraternidad que antes, de entero, no conocía: con todas las mutilaciones y las faltas del mundo. Si vienes conmigo, Pamela, aprenderás a sufrir con los males de cada uno y a sanar los tuyos curando los de ellos.

–Eso es muy hermoso –dijo Pamela–, pero yo estoy en un buen lío, con ese otro pedazo vuestro que se ha enamorado de mí y no se sabe qué quiere hacerme.

Mi tío dejó caer el manto porque el temporal había acabado.

–También yo estoy enamorado de ti, Pamela.

Pamela saltó fuera de la gruta:

–¡Qué alegría! ¡Está el arco iris en el cielo y yo he encontrado un nuevo enamorado! Partido también éste, pero de alma buena.

Caminaban bajo ramas aún goteantes por senderos todos fangosos. La media boca del vizconde se arqueaba en una dulce, incompleta sonrisa.

–Entonces, ¿qué hacemos? –dijo Pamela.

–Yo diría que fuéramos con tus padres, pobrecitos, a ayudarles un poco en sus quehaceres.

–Vete tú, si tienes ganas –dijo Pamela.

–Yo sí tengo ganas, querida –dijo el vizconde.

–Pues yo me quedo aquí –dijo Pamela, y se detuvo con el pato y la cabra.

–Hacer juntos buenas acciones es el único modo de amarnos.

–Lástima. Yo creía que había otros modos.

–Adiós, querida. Te traeré una torta de miel –y se alejó por el sendero con ayuda de la muleta.

–¿Qué te parece, cabra? ¿Qué te parece, patito? –dijo Pamela, sola con sus animales–. ¿Siempre tengo que encontrarme con tipos así?

VIII

Desde que todos supieron que había regresado la otra mitad del vizconde, tan buena cuanto la primera era mala, la vida en Terralba fue muy distinta.

Por las mañanas yo acompañaba el doctor Trelawney en su tanda de visitas a los enfermos, porque el doctor había reanudado poco a poco la práctica de la medicina y se había dado cuenta de cuántos males sufría nuestra gente, cuya fibra habían minado las largas carestías de los tiempos idos, males que nunca le habían preocupado antes.

Íbamos por los caminos del campo y veíamos señales de que mi tío nos había precedido. Mi tío el bueno, quiero decir, el cual cada mañana daba también una vuelta y no sólo de visitas a los enfermos, sino también a los pobres, los viejos, a cualquiera que necesitara ayuda.

En el huerto de Bacciccia, el granado tenía cada una de las frutas maduras con un pañuelo anudado alrededor. Comprendimos que a Bacciccia le dolían las muelas. Mi tío había vendado las granadas para que no se abrieran y desgranaran ahora que el dolor impedía a su propietario salir a cogerlas; pero también como señal para el doctor Trelawney de que pasara a visitar al enfermo y llevase las tenazas.

El prior Cecco tenía un girasol en el terrado, canijo, que nunca florecía. Esa mañana encontramos tres gallinas atadas allí, a la barandilla, que comían cebo a todo comer y descargaban estiércol blanco en la maceta del girasol. Comprendimos que el prior debía de tener cagalera. Mi tío había atado las gallinas para abonar el girasol, pero también para avisar al doctor Trelawney de aquel caso urgente.

En la escalera de la vieja Giromina vimos una fila de caracoles que subía hacia la puerta; caracolazos de esos que se comen cocidos. Era un regalo que mi tío le había traído del bosque a Giromina, pero también una señal de que la enfermedad del corazón de la pobre vieja había empeorado y de que el doctor entrara despacio, para no asustarla.

Todos estos signos de comunicación eran usados por el buen Medardo para no alarmar a los enfermos con una petición demasiado brusca de los cuidados del doctor, pero también para que Trelawney tuviera de inmediato una idea de qué se trataba, ya antes de entrar, y venciese así su renuencia a poner el pie en casas ajenas y acercarse a enfermos que no sabía qué tenían.

De repente por el valle corría la alarma:

–¡El Doliente! ¡Llega el Doliente!

Era la mitad doliente de mi tío, a la que habían visto cabalgar por aquellos parajes. Entonces todos corrían a esconderse, y el primero de todos el doctor Trelawney, conmigo detrás.

Pasábamos ante la casa de Giromina y en la escalera había una tira de caracoles aplastados, toda babas y trozos de concha.

–¡Ya ha pasado por aquí! ¡Por piernas!

En el terrado del prior Cecco las gallinas estaban atadas al cañizo donde ponían a secar los tomates, y estaban estropeando toda aquella bendición de Dios.

–¡Por piernas!

En el huerto de Bacciccia las granadas estaban todas despachurradas en el suelo, y de las ramas colgaban los estribos de los pañuelos vacíos.

–¡Por piernas!

Así transcurrían nuestras vidas, entre caridad y terror. Al Bueno (como llamaban a la mitad izquierda de mi tío, en contraposición al Doliente, que era la otra) ya todos lo tenían por santo. Los lisiados, los pobrecillos, las mujeres traicionadas, todos los que tenían una pena corrían a verlo. Habría podido aprovecharse y convertirse él en vizconde. Y en cambio seguía viviendo como un vagabundo, vagando medio envuelto en su destrozado manto negro, apoyado en la muleta, con la calza blanca y azul llena de remiendos, haciendo el bien tanto a quien se lo pedía como a quien lo echaba con malos modos. Y no había oveja que se rompiera una pata en un barranco, ni bebedor que sacase la navaja en la taberna, ni esposa adúltera que corriese por la noche al lado de su amante, que no lo viesen aparecer allí como llovido del cielo, negro y seco y con su dulce sonrisa, para socorrer, dar buenos consejos, evitar violencias y pecados.

Pamela seguía viviendo en el bosque. Se había hecho un columpio entre dos pinos, y luego uno más sólido para la cabra y otro más ligero para el pato, y pasaba las horas balanceándose con sus animales. Pero a cierta hora, renqueando entre los pinos, llegaba el Bueno, con un hatillo al hombro. Era ropa para lavar y remendar que recogía entre los mendigos, los huérfanos y los enfermos solos en el mundo; y se la hacía lavar a Pamela, dándole ocasión de hacer el bien. Pamela, que se aburría de estar siempre en el bosque, lavaba la ropa en el arroyo y él la ayudaba. Después ella lo tendía todo a secar en las cuerdas de los columpios, y el Bueno, sentado en una piedra, le leía *La Jerusalén Libertada*.

A Pamela la lectura no le importaba nada y se estaba tumbada a la bartola en la hierba, despiojándose (porque al vivir en el bosque había cogido algunos bichitos), rascándose con una planta llamada pinchaculos, bostezando, levantando piedras por el aire con los pies descalzos, y mirándose las piernas, que eran rosadas y regordetas. El Bueno, sin alzar la mirada del libro, seguía declamando octava tras octava, con la intención de suavizar las costumbres de la rústica muchacha.

Pero ella, que no seguía el hilo y se aburría, a la chita callando incitó a la cabra a que lamiese la media cara del bueno y al pato a que se le posase en el libro. El Bueno dio un salto atrás y alzó el libro, que se cerró; y justo en ese momento el Doliente asomó entre los árboles al galope, blandiendo una gran hoz contra el Bueno. La hoja de la hoz tropezó en el libro y lo cortó en seco en dos mitades a lo largo. La parte del lomo quedó en la mano del Bueno, y la parte del canto se diseminó en mil medias páginas por el aire. El Doliente desapareció galopando; había tratado de segar, desde luego, la media cabeza del Bueno, pero los dos animales se habían metido en el momento justo. Las páginas de Tasso con los márgenes blancos y los versos partidos volaron al viento y se posaron en las ramas de los pinos, en las hierbas y en el agua de los torrentes. Desde el borde de un otero Pamela miraba aquel blanco revolotear y decía:

–¡Qué bonito!

Alguna media hoja llegó hasta el sendero por donde pasábamos el doctor Trelawney y yo. El doctor cogió una al vuelo, le dio vueltas y más vueltas, intentó descifrar aquellos versos sin comienzo y sin final, y sacudió la cabeza:

–Pues no se entiende nada... Chist... chist...

La fama del Bueno había llegado también a los hugonotes, y el viejo Ezequiel había sido visto a menudo parándose en el bancal más alto de la amarilla viña, mirando el pedregoso camino de herradura que subía desde el valle.

–Padre –le dijo uno de sus hijos–, os veo mirar abajo, como si esperaseis la llegada de alguien.

–Del hombre es esperar –respondió Ezequiel–, y del hombre justo, esperar con fe; del injusto, con temor.

–¿Esperáis al Cojo-de-la-otra-pierna, padre?

–¿Has oído hablar de él?

–No se habla de otra cosa, allá abajo, que del Manco-zurdo. ¿Pensáis que vendrá hasta aquí arriba?

–Si la nuestra es tierra de gente que vive en el bien, y él vive en el bien, no hay razón para que no venga.

–El camino de herradura es empinado para quien tenga que hacerlo a fuerza de muleta.

–Ya hubo un Simpié que encontró un caballo para subirlo.

Al oír hablar a Ezequiel, los otros hugonotes se habían congregado a su alrededor, saliendo de entre los surcos. Y oyendo la alusión al vizconde, se estremecieron en silencio.

–Padre nuestro, Ezequiel –dijeron–, cuando vino el Sutil, aquella noche, y el rayo incendió medio roble, dijisteis que quizá un día nos visitaría un caminante mejor.

Ezequiel asintió, bajando la barba sobre el pecho.

–Padre, este del que ahora hablamos es un Destrozado igual y opuesto al otro, tanto en cuerpo como en alma: piadoso como el otro era cruel. ¿Será el visitante profetizado por vuestras palabras?

–Cualquier viandante de cualquier camino puede serlo –dijo Ezequiel–, y por lo tanto, también él.

–Entonces todos esperamos que lo sea –dijeron los hugonotes.

La mujer de Ezequiel llegaba con la mirada clavada frente a sí, empujando una carretilla de sarmientos.

–Nosotros esperamos siempre todo lo bueno –dijo–, pero aunque quien cojee por estas colinas nuestras sea sólo un pobre mutilado de guerra, bueno o malo de alma, nosotros cada día debemos continuar obrando según justicia y cultivando nuestros campos.

–Eso ya se sabe –respondieron los hugonotes–, ¿acaso hemos dicho algo que signifique lo contrario?

–Bien, si estamos todos de acuerdo –dijo la mujer–, podemos volver todos a las palas y a los bieldos.

–¡Peste y carestía! –estalló Ezequiel–. ¿Quién os ha dicho que dejarais de cavar?

Los hugonotes se diseminaron entre las hileras para coger los aperos abandonados en los surcos, pero en ese momento Esaú, que viendo a su padre distraído había trepado a una higuera a comer los frutos tempranos, gritó:

–¡Allá abajo! ¿Quién llega en ese mulo?

En efecto, un mulo subía por la cuesta con un medio hombre atado a la albarda. Era el Bueno, que había comprado aquel viejo animal lleno de mataduras mientras estaban a punto de ahogarlo en un torrente, porque estaba tan maltrecho que ni siquiera servía para el matadero.

«Total, yo peso la mitad de un hombre –dijo–, y el viejo mulo podrá aún soportarme. Y teniendo mi propia cabalgadura, podré ir más lejos a hacer el bien.» Así, como primer viaje, iba a ver a los hugonotes.

Los hugonotes lo acogieron alineados y firmes, cantando un salmo. Luego el viejo se le acercó y lo saludó como hermano. El Bueno, bajado del mulo, respondió ceremoniosamente a aquellos saludos, besó la mano a la mujer de Ezequiel que estuvo dura y ceñuda, se informó sobre la salud de todos, alargó la mano para acariciar la hirsuta cabeza de Esaú que se echó para atrás, se interesó por los problemas de cada uno, se hizo contar la historia de sus persecuciones, conmoviéndose y recriminando. Naturalmente, hablaron de ello sin insistir sobre la controversia religiosa, como una secuela de desgracias imputables sólo a la general maldad humana. Medardo pasó por alto que las persecuciones venían de la Iglesia a la que él pertenecía, y los hugonotes, por su parte, no se embarcaron en afirmaciones de fe, también por miedo a decir cosas teológicamente erradas. Así acabaron en vagos discursos caritativos, desaprobando toda violencia y todo exceso. Todos de acuerdo, aunque en conjunto fue un poco frío.

Después el Bueno visitó los campos, los compadeció por las escasas cosechas, y quedó encantado porque al menos habían tenido un buen año de centeno.

–¿A cuánto lo vendéis? –les preguntó.

–A tres escudos la libra –dijo Ezequiel.

–¿A tres escudos la libra? Pero los pobres de Terralba se mueren de hambre, amigos, ¡y ni siquiera pueden comprar un puñado de centeno! ¿Acaso no sabéis que el pedrisco ha destrozado las cosechas de centeno del valle, y que sois los únicos que podéis aliviar el hambre de tantas familias?

–Lo sabemos –dijo Ezequiel–, precisamente por eso podemos vender a buen precio...

–Pero pensad en la caridad que significaría para esos pobrecillos, si rebajaseis el precio del centeno... Pensad en el bien que podríais hacer...

El viejo Ezequiel se paró delante del Bueno cruzado de brazos, y todos los hugonotes lo imitaron.

–Hacer la caridad, hermano –dijo–, no significa perder en los precios.

El Bueno marchaba por los campos y veía a viejos hugonotes esqueléticos cavar bajo el sol.

–Tenéis mal semblante –dijo a un viejo con la barba tan larga que cavaba sobre ella–, ¿acaso no os sentís bien?

–Tan bien como puede sentirse alguien que cava diez horas a los setenta años con un potaje de nabos en la barriga.

–Es mi primo Adán –dijo Ezequiel–, un trabajador excepcional.

–¡Pero con lo viejo que sois deberíais descansar y alimentaros! –estaba diciendo el Bueno, cuando Ezequiel lo arrastró bruscamente de allí.

–Todos aquí nos ganamos el pan muy duramente, hermano –dijo en tono que no admitía réplica.

Antes, apenas desmontado del mulo, el Bueno había querido atar él mismo su animal, y había pedido un saco de cebada para reanimarlo tras la subida. Ezequiel y su mujer se habían mirado, porque en su opinión para tal mulo podía bastar un puñado de achicoria silvestre; pero estaban en el momento más caluroso de la acogida del huésped y habían hecho traer la cebada. Pero ahora, al recordarlo, el viejo Ezequiel no podía admitir que aquel esqueleto de mulo comiese la poca cebada que tenían, y sin que lo oyera el huésped llamó a Esaú y le dijo:

–Esaú, vete sin hacer ruido junto al mulo, quítale la cebada y dale alguna otra cosa.

–¿Un cocimiento para el asma?

–Zuros de maíz, vainas de garbanzos, lo que quieras.

Esaú fue, le quitó el saco al mulo y recibió una coz que lo hizo cojear durante un rato. Para resarcirse escondió la cebada sobrante para venderla por su cuenta, y dijo que el mulo ya la había acabado toda.

Era la puesta del sol. El Bueno estaba con los hugonotes en medio de los campos y ya no sabían qué decirse.

–Aún tenemos por delante una buena hora de trabajo, huésped –dijo la mujer de Ezequiel.

–Entonces no molesto más.

–Buena suerte, huésped.

Y el buen Medardo regresó sobre su mulo.

–Un pobre mutilado de guerra –dijo la mujer cuando se hubo marchado–. ¡Cuántos hay en esta región! ¡Pobrecillos!

–Pobrecillos, sí –convinieron todos los familiares.

–¡Peste y carestía! –chillaba el viejo Ezequiel andando por los campos, con los puños alzados ante los trabajos mal hechos y los estragos de la sequía–. ¡Peste y carestía!

IX

A menudo, por la mañana, iba yo al taller de Pietrochiodo a ver las máquinas que el ingenioso maestro estaba construyendo. El carpintero vivía entre angustias y remordimientos cada vez mayores, desde que el Bueno iba a verlo por la noche y le reprochaba el triste fin de sus inventos, y lo incitaba a construir mecanismos puestos en marcha por la bondad y no por la sed de sevicias.

–Pero ¿qué máquina debo construir, pues, maese Medardo? –preguntaba Pietrochiodo.

–Ahora te explico; podrías, por ejemplo... –y el Bueno empezaba a describirle la máquina que le hubiera encargado él, de haber sido vizconde en lugar de su otra mitad, y se ayudaba en su explicación trazando confusos dibujos.

A Pietrochiodo le pareció al principio que aquella máquina debía de ser un órgano, un gigantesco órgano cuyas teclas produjeran músicas dulcísimas, y ya se disponía a buscar la madera adecuada para los tubos, cuando de otra conversación con el Bueno salió con las ideas más confusas, porque parecía que aquél quería hacer pasar por los tubos no aire, sino harina. En suma, debía ser un órgano pero también un molino, que moliese para los pobres, y también, posiblemente, un horno, para hacer hogazas. El Bueno perfeccionaba su idea día tras día y emborronaba con dibujos papeles y más papeles, pero Pietrochiodo no conseguía seguirlo: porque este órgano-molino-horno debía también sacar agua de los pozos ahorrándoles trabajo a los asnos, y desplazarse sobre ruedas para contentar a los distintos pueblos, y también en los días de fiesta suspenderse en el aire y cazar, con redes a su alrededor, mariposas.

Y al carpintero le entraba la duda de si construir máquinas buenas estaba por encima de las posibilidades humanas, mientras que las únicas que realmente podían funcionar con exactitud y carácter práctico eran los patíbulos y los aparatos de tortura. Y, en efecto, en cuanto el Doliente le exponía a Pietrochiodo la idea de un nuevo mecanismo, de inmediato al maestro se le ocurría el modo de realizarlo y ponía manos a la obra, y cada detalle resultaba insustituible y perfecto, y el instrumento acabado, una obra maestra de técnica e ingenio.

El maestro se angustiaba.

–¿Estará quizá en mi ánimo esa maldad que hace que me salgan bien sólo máquinas crueles?

Pero mientras tanto seguía inventando, con celo y habilidad, otros aparatos.

Un día lo vi trabajar con un extraño patíbulo, en el que una horca blanca enmarcaba una pared de madera negra, y la cuerda, también blanca, pasaba a través de dos agujeros de la pared, justamente en el sitio del nudo corredizo.

–¿Qué es esta máquina, maestro? –le pregunté.

–Una horca para ahorcar de perfil –dijo.

–¿Y para quién la habéis construido?

–Para un solo hombre que condena y es condenado. Con media cabeza se condena a sí mismo a la pena capital, y con la otra media entra en el nudo corredizo y exhala el último suspiro. Me gustaría que se confundiese entre las dos.

Comprendí que el Doliente, al ver crecer la popularidad de la mitad buena de sí mismo, había decidido suprimirla lo más pronto posible.

Y en efecto, llamó a los esbirros y dijo:

–Un torvo vagabundo infesta desde hace mucho tiempo nuestro territorio sembrando cizaña. Antes de mañana, capturad al agitador y dadle muerte.

–Se hará, señoría –dijeron los esbirros, y se marcharon. Tuerto como era, el Doliente no advirtió que al responderle se habían guiñado el ojo entre sí.

Hay que saber que por aquellos días se había urdido una conjuración de palacio, y los esbirros participaban en ella. Se trataba de prender y suprimir al actual medio vizconde y de entregar el castillo y el título a la otra mitad. Pero ésta no sabía nada. Y por la noche, en el henil donde vivía, se despertó rodeado de esbirros.

–No tengáis miedo –dijo el jefe–, el vizconde nos ha mandado a asesinaros, pero nosotros, cansados de su cruel tiranía, hemos decidido asesinarlo a él y poneros en su lugar.

–¿Qué es lo que oigo? ¿Y lo habéis hecho ya? Quiero decir: ¿habéis ya matado al vizconde?

–No, pero lo haremos sin dilación por la mañana.

–Ah, ¡gracias sean dadas al cielo! No, no os manchéis con más sangre, que ya se ha derramado demasiada. ¿Qué podría salir de bueno de un poder nacido de un crimen?

–No importa; lo encerramos en la torre y podemos estar tranquilos.

–No alcéis la mano sobre él ni sobre nadie, ¡os lo suplico! También a mí me duele el despotismo del vizconde; pero no queda otro remedio que darle buen ejemplo, mostrándonos con él amables y virtuosos.

–Entonces debemos mataros a vos, señor.

–¡No! Os he dicho que no debéis matar a nadie.

–¿Y qué hacemos? Si no suprimimos al vizconde, tenemos que obedecerle.

–Tened esta ampolla. Contiene unas onzas, las últimas que me quedan, del ungüento con que los eremitas bohemios me curaron y que me ha resultado precioso hasta ahora, cuando, al cambiar el tiempo, me duele la desmesurada cicatriz. Llevádselo al vizconde y decidle sólo: es el regalo de alguien que sabe qué significa tener venas que acaban en un tapón.

Los esbirros fueron al vizconde con la ampolla y el vizconde los condenó al patíbulo. Para salvar a los esbirros, los otros conjurados decidieron levantarse. Torpes, descubrieron los hilos de la revuelta, que fue ahogada en sangre. El Bueno llevó flores a sus tumbas y consoló a viudas y huérfanos.

Quien nunca se dejó conmover por la bondad del Bueno fue la vieja Sebastiana. Cuando iba a sus diligentes empresas, el Bueno se paraba a menudo en la cabaña de la nodriza y le hacía una visita, siempre amable y solícito. Y ella cada vez se ponía a sermonearle. Ya fuera a causa de su indistinto amor maternal, ya porque la vejez empezaba a nublarle las ideas, la nodriza no hacía mucho caso de la separación de Medardo en dos mitades; le regañaba a una mitad por las fechorías de la otra, daba a la una consejos que sólo la otra podía seguir, y así sucesivamente.

–¿Y por qué le has cortado la cabeza al gallo de la abuela Bigin, pobrecita, que tenía sólo ése? Con lo mayor que eres y haciendo esas locuras...

–Pero ¿por qué me lo dices a mí, nodriza? Sabes que no he sido yo...

–¡Ésa sí que es buena! Veamos, pues, ¿quién ha sido?

–Yo. Pero...

–¡Ah! ¡Lo ves!

–Pero no yo que...

–Eh, ¿porque estoy vieja me crees también atontada...? Cuando oigo contar alguna pillería, inmediatamente sé si es una de las tuyas. Y me digo para mí: juraría que en esto anda la patita de Medardo...

–¡Pero os equivocáis siempre...!

–¡Que me equivoco...! Los jóvenes siempre nos decís a los viejos que nos equivocamos... ¿Y vosotros? Tú le has regalado tu muleta al viejo Isidoro...

–Sí, ése sí que fui yo...

–¿Y aún presumes? La utilizaba para apalear a su mujer, pobrecita...

–Él me dijo que no podía caminar a causa de la gota...

–Fingía... Y en seguida le regalas la muleta... Ahora la ha roto en la espalda de su mujer y tú andas apoyándote en una horquilla de palo... No tienes cabeza, ¡eso es lo que te pasa! ¡Siempre igual! ¿Y cuando emborrachaste con aguardiente al toro de Bernardo?

–Ése no era...

–¡Claro, no eras tú! Si todos lo dicen: ¡siempre es él, el vizconde!

Las frecuentes visitas del Bueno a Pratofungo se debían, aparte de su apego filial por la nodriza, a que en esa época se dedicaba a socorrer a los pobres leprosos. Inmunizado al contagio (siempre, al parecer, por las misteriosas curas de los eremitas), recorría la aldea informándose detalladamente de las necesidades de cada uno y no dejándolos en paz hasta que se había prodigado en su servicio de mil y una maneras. A menudo, a lomos de su mulo, iba y venía entre Pratofungo y la casita del doctor Trelawney, pidiendo consejos y medicinas. No es que el doctor se atreviese ahora a acercarse a los leprosos, pero parecía empezar, con el buen Medardo como intermediario, a interesarse por ellos.

Pero las intenciones de mi tío iban mucho más lejos; no se había propuesto curar sólo los cuerpos de los leprosos, sino sus almas. Y siempre estaba entre ellos leyéndoles la cartilla, metiendo la nariz en sus asuntos, escandalizándose y soltándoles sermones. Los leprosos no lo podían aguantar. Los tiempos felices y licenciosos de Pratofungo habían terminado. Con aquel frágil figurón erguido sobre una sola pierna, vestido de negro, ceremonioso y sabelotodo, nadie podía hacer su gusto sin verse recriminado en la plaza, suscitando malignidades y piques. Hasta la música, a fuerza de oírla acusar de fútil, lasciva y no inspirada por buenos sentimientos, acabó fastidiándolos, y sus extraños instrumentos se cubrieron de polvo. Las mujeres leprosas, sin el desahogo de estar de jarana, se encontraron de repente solas ante la enfermedad, y pasaban las tardes llorando y desesperándose.

–De las dos mitades es peor la buena que la mala –se empezaba a decir en Pratofungo.

Pero no sólo entre los leprosos iba menguando la admiración por el Bueno.

–Menos mal que la bala de cañón sólo lo partió en dos –decían todos–; si llega a hacerlo tres pedazos, quién sabe lo que tendríamos que ver.

Los hugonotes hacían ahora turnos de guardia para protegerse también de él, que ahora había perdido todo respeto hacia ellos y acudía a cualquier hora a espiar cuántos sacos había en sus graneros y a echarles sermones sobre los precios demasiado altos, y luego se iba a contarlo por ahí, arruinando sus tratos.

Así pasaban los días en Terralba, y nuestros sentimientos se hacían incoloros y obtusos, ya que nos sentíamos como perdidos entre maldad y virtud igualmente inhumanas.

X

No hay noche de luna en la que en los ánimos malvados las ideas perversas no se enreden como nidadas de serpientes, y en la que en los ánimos benéficos no broten lirios de renuncia y entrega. Así, entre los precipicios de Terralba, las dos mitades de Medardo vagaban atormentadas por ansias opuestas.

Tomada por ambas una decisión, a la mañana se dieron prisa por ponerla en práctica.

La mamá de Pamela, al ir a sacar agua, cayó por un escotillón y se hundió en el pozo. Colgada de una cuerda, gritaba:

–¡Socorro! –cuando vio en el círculo del pozo, contra el cielo, el perfil del Doliente, que le dijo:

–Sólo quería hablaros. He aquí lo que he pensado: en compañía de vuestra hija Pamela se ve a menudo a un vagabundo demediado. Debéis obligarlo a casarse con ella; ya la ha comprometido y si es un gentilhombre debe repararlo. Lo he pensado así; no me pidáis que os explique más.

El papá de Pamela llevaba a la almazara un saco de aceitunas de su olivo, pero el saco tenía un agujero, y un rastro de aceitunas lo seguía por el sendero. Al sentirse aligerado de su carga, el papá se quitó el saco del hombro y advirtió que estaba casi vacío. Pero detrás vio que venía el Bueno: recogía las aceitunas una a una y las metía en su manto.

–Os seguía para hablaros y he tenido la suerte de salvaros las aceitunas. He aquí lo que tengo en mente. Desde hace tiempo pienso que la infelicidad ajena, que es mi intención socorrer, quizá se ve alimentada precisamente por mi presencia. Me iré de Terralba. Pero sólo si mi partida devuelve la paz a dos personas: a vuestra hija, que duerme en una madriguera mientras le corresponde un noble destino, y a mi desgraciada parte derecha que no debe quedarse tan sola. Pamela y el vizconde deben unirse en matrimonio.

Pamela estaba amaestrando una ardilla cuando se encontró con su madre, que fingía ir por piñas.

–Pamela –dijo la mamá–, ha llegado el momento de que ese vagabundo llamado el Bueno se case contigo.

–¿De dónde sale esa idea? –dijo Pamela.

–Él te ha comprometido, que se case contigo. Es tan amable que si se lo dices no irá a decir que no.

–Pero ¿cómo se te ha metido esa historia en la cabeza?

–Calladita; si supieras quién me lo ha dicho no harías tantas preguntas: el Doliente en persona, me lo ha dicho, ¡nuestro ilustrísimo vizconde!

–¡Caramba! –dijo Pamela, dejando caer la ardilla del regazo–, quién sabe qué trampa piensa preparar.

Al poco rato, estaba aprendiendo a silbar con una hoja de hierba entre las manos, cuando se encontró con su padre que fingía ir por leña.

–Pamela –dijo el papá–, ya es hora de que digas sí al vizconde Doliente, con la sola condición de que se case en la iglesia.

–¿Es una idea tuya o te lo ha dicho alguien?

–¿No te gusta ser vizcondesa?

–Respóndeme a lo que te he preguntado.

–Bien, piensa que lo dice el alma mejor intencionada que existe: el vagabundo que llaman el Bueno.

–Ah, no podía ocurrírsele otra cosa a ése. ¡Vas a ver lo que haré!

Andando con su flaco caballo entre la maleza, el Doliente reflexionaba sobre su estratagema: si Pamela se casaba con el Bueno, ante la ley era esposa de Medardo de Terralba, es decir era su mujer. Con este derecho, el Doliente podría quitársela fácilmente a su rival, tan sumiso y poco combativo.

Pero se tropieza con Pamela, que le dice:

–Vizconde, he decidido que, si os parece, nos casamos.

–¿Tú y quién? –dice el vizconde.

–Yo y vos, e iré al castillo y seré la vizcondesa.

El Doliente no se esperaba esto, y pensó: «Entonces es inútil montar toda la comedia de casarla con mi otra mitad; me caso yo con ella, y listo».

De modo que dijo:

–Me parece.

Y Pamela:
–Poneos de acuerdo con mi papá.

Al poco rato, Pamela se encontró al Bueno en su mulo.
–Medardo –le dijo–, he comprendido que estoy enamorada de ti, y si quieres hacerme feliz debes pedir mi mano.
El pobrecillo, que por el bien de ella había hecho aquella gran renuncia, se quedó con la boca abierta. «Pero si es feliz casándose conmigo, ya no puedo hacer que se case con el otro», pensó, y dijo:
–Querida, corro a preparar todo para la ceremonia.
–Ponte de acuerdo con mi mamá, te lo ruego –dijo ella.

Toda Terralba se revolucionó cuando se supo que Pamela se casaba. Unos decían que se casaba con uno, otros que con otro. Los padres de ella parecían hacerlo aposta para embrollar las ideas. Cierto que en el castillo lo estaban lustrando y adornando todo como para una gran fiesta. Y el vizconde se había mandado hacer un traje de terciopelo negro con un gran bullón en la manga y otro en el calzón. Pero también el vagabundo había mandado almohazar su pobre mulo y se había hecho remendar el codo y la rodilla. Por si acaso, en la iglesia sacaron brillo a todos los candelabros.
Pamela dijo que no dejaría el bosque hasta el momento del cortejo nupcial. Yo hacía los encargos

para el ajuar. Se cosió un vestido blanco con velo y una cola larguísima, y se hizo corona y cinturón de espigas de espliego. Como le sobraban unos metros de velo, hizo un traje de novia para la cabra y un traje de novia también para el pato, y corrió así por el bosque seguida por los animales, hasta que el velo se desgarró todo entre las ramas, y la cola recogió todas las agujas de pino y los erizos de castaña que se secaban en los senderos.

Pero la noche antes de la boda estaba pensativa y un poco asustada. Sentada en la cima de una colinilla sin árboles, con la cola enrollada en torno a los pies, la coronita de espliego al sesgo, apoyaba la barbilla en una mano y miraba los bosques alrededor, suspirando.

Yo estaba siempre con ella porque tenía que hacer de paje, junto con Esaú, quien sin embargo nunca se dejaba ver.

–¿Con quién te casarás, Pamela? –le pregunté.

–No sé –dijo ella–, no sé lo que sucederá. ¿Saldrá bien? ¿Saldrá mal?

De los bosques se alzaba ora una especie de grito gutural, ora un suspiro. Eran los dos pretendientes demediados, que presa de la excitación de la víspera vagaban por quebradas y precipicios del bosque, envueltos en sus negros mantos, el uno en su flaco caballo, el otro en su pelado mulo, y berreaban y suspiraban asaltados por sus ansiosas fantasías. Y el caballo saltaba por derrumbes y simas, el mulo trepaba por cuestas y laderas, sin que nunca se encontraran los dos jinetes.

Hasta que, de madrugada, el caballo lanzado al

galope quedó cojo en un barranco; y el Doliente no pudo llegar a tiempo a la boda. El mulo, en cambio, iba despacio y sano, y el Bueno llegó puntual a la iglesia, justamente mientras llegaba la novia con la cola sostenida por mí y por Esaú, que se dejaba arrastrar.

Al ver llegar como novio sólo al Bueno, que se apoyaba en su muleta, la muchedumbre quedó algo desilusionada. Pero el matrimonio se celebró normalmente, los novios dijeron sí y se cambiaron los anillos, y el cura dijo:

–Medardo de Terralba y Pamela Marcolfi, yo os uno en matrimonio.

Y en éstas, por el fondo de la nave, sosteniéndose en su muleta, entró el vizconde, con el traje nuevo de terciopelo con bullones empapado en agua y roto, y dijo:

–Medardo de Terralba soy yo y Pamela es mi mujer.

El Bueno renqueó hacia él.

–No, el Medardo que se ha casado con Pamela soy yo.

El Doliente tiró la muleta y echó mano a la espada. Al Bueno no le quedaba más remedio que hacer otro tanto.

–¡En guardia!

El Doliente se lanzó en un a fondo; el Bueno se cerró en defensa, pero ya habían rodado por el suelo los dos.

Convinieron que era imposible batirse sosteniéndose en equilibrio sobre una sola pierna. Había que retrasar el duelo para prepararlo mejor.

–¿Pues sabéis lo que hago yo? –dijo Pamela–. Me vuelvo al bosque.

Y echó a correr fuera de la iglesia, ya sin pajes que le sostuvieran la cola. En el puente encontró a la cabra y al pato que la estaban esperando y se pusieron a su lado, trotando.

El duelo fue fijado para la madrugada del día siguiente en el Prado de las Monjas. El maestro Pietrochiodo inventó una especie de pata de compás, que fijada a la cintura de los demediados les permitía mantenerse erguidos y desplazarse e incluso inclinar la figura hacia delante y hacia atrás, teniendo clavada la punta en el terreno para estar firmes. El leproso Galateo, que de sano había sido gentilhombre, hizo de juez de campo; los padrinos del Doliente fueron el padre de Pamela y el jefe de los esbirros; los padrinos del Bueno, dos hugonotes. El doctor Trelawney se encargó de la asistencia médica y acudió con un fardo de vendas y una damajuana de bálsamo, como si tuviera que curar toda una batalla. Estupendo para mí, que al tener que ayudarlo a llevar todas aquellas cosas pude asistir al encuentro.

Era el alba verdusca; en el prado, los dos sutiles duelistas negros estaban inmóviles, con las espadas en posición de firmes. El leproso sopló su cuerno: era la señal; el cielo vibró como una membrana tensa, los lirones en sus guaridas hundieron las uñas en el mantillo, las urracas sin sacar la cabeza de debajo del ala se arrancaron una pluma de la axila haciéndose daño, y la boca de la lombriz comió su propia cola, y la víbora se picó con sus dientes, y la avispa se rompió el aguijón sobre una piedra, y cada cosa se volvía contra sí misma, la escarcha de los charcos se helaba, los líquenes se volvían piedra y las piedras líquenes, la hoja seca se volvía tierra, y la resina espesa y dura mataba sin remedio los árboles. Así el hombre se arrojaba contra sí, con ambas manos armadas de una espada.

Una vez más Pietrochiodo había trabajado con maestría: los compases dibujaban círculos sobre el prado y los esgrimistas se lanzaban en asaltos impetuosos y leñosos con paradas y fintas. Pero no se tocaban. En cada a fondo, la punta de la espada parecía dirigirse segura hacia el manto revoloteante del adversario, cada uno semejaba obstinarse en tirar hacia la parte donde no había nada, es decir, a la parte donde habría debido estar él mismo. Desde luego, si en vez de medios duelistas hubieran sido duelistas enteros, quién sabe cuántas veces se habrían herido. El Doliente se batía con rabiosa ferocidad, pero no conseguía nunca dirigir sus ataques a donde de verdad estaba su enemigo. El Bueno tenía la correcta maestría de los zurdos, pero no hacía más que acribillar el manto del vizconde.

En cierto momento se encontraron pomo contra pomo: las puntas de compás estaban clavadas en el suelo como gradas. El Doliente se soltó de golpe y ya estaba perdiendo el equilibrio y rodando al suelo, cuando consiguió asestar un terrible sablazo, no exactamente sobre el adversario pero casi: un sablazo paralelo a la línea que remataba el cuerpo del Bueno, y tan próximo a ella que no se supo de inmediato si estaba más acá o más allá. Pero pronto vimos que el cuerpo bajo el manto se empurpuraba de sangre desde la cabeza hasta la juntura de la pierna, y ya no cupieron dudas. El Bueno se desplomó, pero al caer, con un último movimiento amplio y casi piadoso, abatió la espada también cerquísima de su rival, de la cabeza al abdomen, entre el punto en el que el cuerpo del Doliente no existía y el punto donde comenzaba a ser. También el cuerpo del Doliente arrojaba ahora sangre por toda la enorme y antigua hendidura; los sablazos de uno y otro habían roto de nuevo todas las venas y abierto la herida que los había separado, por sus dos caras. Ahora yacían de espaldas, y las sangres que antaño habían sido una volvían a mezclarse por el prado.

Absorto en aquella horrenda visión yo no había parado mientes en Trelawney; de pronto advertí que el doctor estaba dando saltos de gozo con sus patas de grillo, palmoteando y gritando:

–¡Está salvado! ¡Está salvado! ¡Dejadme a mí!

Media hora después devolvimos en camilla al castillo un único herido. El Doliente y el Bueno estaban estrechamente vendados; el doctor se había preocupado de compaginar todas las vísceras y las arterias de una y otra parte, y después, con un kilómetro de vendas, los había atado tan juntos que parecía, más que un herido, un antiguo muerto embalsamado.

Mi tío fue velado día y noche entre la muerte y

la vida. Una mañana, mirando aquel rostro que una línea roja atravesaba de la frente a la barbilla, continuando luego hacia abajo por el cuello, fue la nodriza Sebastiana la que dijo:

–Se ha movido.

Un sobresalto de rasgos estaba recorriendo, en efecto, el rostro de mi tío, y el doctor lloró de alegría al ver que se transmitía de una mejilla a otra.

Por fin Medardo abrió los ojos, los labios; al principio su expresión estaba trastornada: tenía un ojo fruncido y el otro suplicante, la frente aquí ceñuda y allá serena, la boca sonreía con una comisura y con la otra rechinaba los dientes. Poco a poco recuperó luego la simetría.

El doctor Trelawney dijo:

–Ahora está curado.

Y exclamó Pamela:

–Por fin tendré un esposo con todos los atributos.

Así mi tío Medardo volvió a ser un hombre entero, ni bueno ni malo, una mezcla de maldad y bondad, es decir, no diferente en apariencia a lo que era antes de que lo partiesen en dos. Pero tenía la experiencia de la una y la otra mitad refundidas, y por tanto debía de ser muy sabio. Tuvo una vida feliz, muchos hijos y un justo gobierno. También nuestra vida cambió para mejor. Quizá esperábamos que, al estar entero otra vez el vizconde, se abriese una época de felicidad maravillosa; pero está claro que no basta un vizconde completo para que se vuelva completo todo el mundo.

De momento Pietrochiodo ya no construyó más horcas, sino molinos; y Trelawney se olvidó de los fuegos fatuos por los sarampiones y las erisipelas. Yo, en cambio, entre tanto fervor de integridad, me sentía cada vez más triste e imperfecto. A veces uno se cree incompleto y es solamente joven.

Había llegado a los umbrales de la adolescencia y aún me escondía entre las raíces de los grandes árboles del bosque para contarme historias. Una aguja de pino podía representar para mí un caballero, o una dama, o un bufón; yo lo hacía moverse ante mis ojos y me exaltaba con relatos interminables. Después me entraba vergüenza de estas fantasías y escapaba.

Y llegó el día en que también el doctor Trelawney me abandonó. Una mañana entró en nuestro golfo una flota de barcos empavesados, que arbolaban bandera inglesa, y se situó en la rada. Toda Terralba acudió a la orilla a verlas, salvo yo, que no lo sabía. Los pretiles de las obras muertas y las arboladuras estaban llenos de marineros que mostraban piñas y tortugas y desplegaban carteles en los que había escritas máximas latinas e inglesas. En la toldilla, en medio de los oficiales con tricornio y peluca, el capitán Cook miraba con el anteojo la orilla, y en cuanto descubrió al doctor Trelawney ordenó que le transmitieran con las banderas este mensaje: «Venga a bordo en seguida, doctor, tenemos que continuar aquel cuatrillo».

El doctor se despidió de todos en Terralba y nos dejó. Los marineros entonaron un himno: «¡Oh, Australia!» y el doctor fue izado a bordo a horcajadas de una barrica de vino *cancarone*. Después los barcos levaron anclas.

Yo no había visto nada. Estaba escondido en el bosque contándome historias. Lo supe demasiado tarde y eché a correr hacia la playa, gritando:

–¡Doctor! ¡Doctor Trelawney! ¡Lléveme con usted! ¡No puede dejarme aquí, doctor!

Pero ya los barcos estaban desapareciendo en el horizonte y yo me quedé aquí en este mundo nuestro lleno de responsabilidades y de fuegos fatuos.

(1951)

Título de la edición original: *Il visconte dimezzato*
Traducción del italiano: Esther Benítez,
cedida por Ediciones Siruela, S.A.
Diseño: Winfried Bährle
Ilustración: A partir de una miniatura del códice
capodilista; Museo Cívico, Padua.
Foto de solapa: © Jerry Bauer

Círculo de Lectores, S.A.
Valencia, 344, 08009 Barcelona
1357959078642

Licencia editorial para Círculo de Lectores
por cortesía de Ediciones Siruela, S.A.

Depósito legal: B. 25819-1995
Fotocomposición: Tecfa, S.A., Barcelona
Impresión y encuadernación: Printer industria gráfica, s.a.
N. II, Cuatro caminos s/n, 08620 Sant Vicenç dels Horts
Barcelona, 1995. Impreso en España
ISBN 84-226-5593-4
N.º 34504